集英社オレンジ文庫

京都伏見は水神さまのいたはるところ

藤咲く京《みやこ》に緋色のたそかれ

相川　真

本書は書き下ろしです。

目次

【登場人物紹介】

三岡《みつおか》ひろ

大学院生。東京で暮らしていたが、高校時代に京都の祖母のもとに。水神の加護があり、ひとならぬものの声が聞こえる。

清尾《きよお》拓己《たくみ》

ひろの幼馴染みで今は恋人に。家業の造り酒屋『清花蔵』の跡取りとして東京から戻った。

シロ

かつて京都にあった池の水神。普段は白い蛇の姿だが、雨が降る時には人の姿になれる。ひろに執着する。

水守《みずもり》はな江《え》

ひろの祖母。古くから水に関わる相談事を引き受けていた蓮見神社の宮司。

イラスト／白谷ゆう

京都伏見は水神さまのいたはるところ
藤咲く京に緋色のたそかれ

序章

吐く息も凍りつくような、二月のその日。京都は何年かに一度のひどい大雪に見舞われていた。

六花《りっか》が舞い降りるなどという幻想的なものではなく、重たい雪が降り積もり、屋根も道路も木々もあっという間に白に覆《おお》われていくその様は、いっそ暴力的にすら感じる。

三岡《みつおか》ひろは、ようよう帰り着いた家の引き戸を開けて玄関に転がり込んだ。横殴りの雪に傘は意味をなさず頭もコートもブーツも、あますところなく白色に覆われている。かじかんだ指先をなんとか動かして、持っていた紙袋と鞄《かばん》を、靴箱の上に置いた。

「た、ただいま……」

ひろは深草《ふかくさ》にある龍《りゅう》ヶ《が》崎《さき》大学の大学院生だ。朝からの雪は一向に収まる気配はなく、とうとう京阪《けいはん》電車の終日運休が決まったと聞いて、あわてて研究室から戻ってきた。

一息ついて振りかえると、開け放したままの引き戸の間から、白に覆い隠されていく神社の境内《けいだい》が見えた。

ひろはせっかく逃げ込んだ玄関から、そうっと首を伸ばして境内をぐるりと見回した。

そこにはいつも、たくさんの木々や草花が生い茂っている。

木に積もった雪から、針のような松の葉が突き出している。南天《なんてん》の赤も椿《つばき》のこっくりとした紅色も、白く染まった景色の中で鮮やかに映えていた。

もうすぐつぼみがほころびそうだと楽しみにしていた梅の枝は、今は再び冬の眠りに戻ったかのように、しんと白に覆われている。

ひろは自然が好きだ。

風が鳴らす木の葉のさやさやとした葉ずれの音、鳥の声、雨の音、虫の鳴き声。そして、こうして雪に覆われ音が塗り込められていくような静寂でさえも、心安まる心地がする。

ひろは高校一年生のころ、東京から、京都伏見《ふしみ》にあるこの蓮見《はすみ》神社に越してきた。小さな鳥居と手水舎《てみずや》、社《やしろ》と庭だけの神社で、祖母の家だった。

高校一年生の夏まで過ごした東京は、ひろには鮮やかで激しく、そして速すぎた。都会に馴染《なじ》めなかったひろを、母は祖母の住むこの伏見へよこしたのだ。

それからおおよそ七年と半分。

あのころ肩までだった髪は少し長くなって、濃い茶色に染められている。

薄付きのメイクはほとんどがドラッグストアで買ったものだが、グロスだけは東京に住んでいる母にもらった。ブランドものらしいというのは後で知った。グレーのロングコートとブーツは、一月の年明けセールで思い切って新調したものだ。

東京ではほとんどできなかった友人もできたし、大学に入ってからは慕ってくれる後輩もいる。

京都にやってきたころは、まともに人前に立つことすらできなかったひろは、たぶん人よりも遅い歩みで、けれど少しずつ前に進んでいる。

「――風邪引くで」

真後ろから柔らかな声がして、ひろははじかれたように振り返った。

この家は今、ひろと祖母の二人暮らしだ。玄関の鍵が開いていたからてっきり祖母が帰っていると思ったのだが、どうやら違ったようだった。

視線の先で、清尾拓己《きよおたくみ》が呆《あき》れたようにため息をついていた。

「お帰り、ひろ」

拓己は蓮見神社のはす向かいにある、清花蔵《きよはなくら》という酒蔵の跡取りだ。ひろより四つ年上の二十七歳だった。

すらりと高い身長に整った顔立ち。ずっと続けている剣道と酒造の仕事のおかげで、体にはしっかりとした厚みがある。黒髪はさっぱりと切られ、同じ色の瞳には強い意志を感じさせた。

拓己はひろの横を通り過ぎてさっさと引き戸を閉めると、靴箱の上に乗っていた鞄と紙袋を持ち上げた。

「はな江《え》さん、今日は大阪の方に行ったはるんやてな」

ほら、と促《うなが》されて、ひろはあわてて拓己のあとに続く。はな江はひろの祖母だ。

「こっち向きの電車が止まってしもたんやて。それで母さんが、ひろが帰ってくるやろうから、様子見に行ったりて」

清花蔵と蓮見神社は家族ぐるみの付き合いだ。拓己の母、実里《みさと》ははな江とひろのことを、いつも何かと気にしてくれる。

そうなんだ、とうなずいた後、ひろは首をかしげた。

「あれ、でもうちの鍵は？」

「うちの家、はな江さんから合鍵預かってるから」

ひろはぱっと目を見開いた。そんな話は初めて聞いたからだ。

「おばあちゃん、そんなことしてたんだ」

「はな江さんもそこそこ歳《とし》やからなあ。誠子《せいこ》さんも淳史《あつし》さんも近くにいたはらへんし、何かあった時にて、しばらく前からうちの親父に鍵預けたはる」

誠子はひろの母、淳史は父だ。

二人とも仕事に熱心な人で、父はそのためにアメリカに住んでいる。頻繁《ひんぱん》に電話はしているが、前に父に会ったのはそういえばいつだっただろうか。

母は高級アパレルブランドのバイヤーをしていて、都会をピンヒールで颯爽《さっそう》と歩いていくことのできる人だ。

父と母のことはとても好きだけれど、どちらの生き方もひろにはどうしても馴染まなかった。

だからひろはこの祖母のいる京都で、自分なりの歩き方を見つけようとしている。

雪を払って室内に上がったところで、拓己がふ、と唇の端に笑みをのせた。

「まあでも、見に来てよかったわ」

その大きな手がひろの頭にぽん、と乗る。指先がゆっくりと髪を梳《す》いて、肩に落ちた雪を払ってくれた。

「あのままやったら、ひろはいつまでも、雪見てぼうっとしてたやろ」

見上げた拓己の瞳の奥が、あたたかい色に満ちているのがわかった。それが愛《いと》おしいものを見る瞳だとひろは知っている。

うぬぼれでなければ、その相手が——自分だということも。

ひろと拓己が付き合い始めて、春でちょうど一年になる。

恋愛も恋心も初心者以下のひろにとって、拓己に触れられることも、見つめられることも未だに慣れない。

顔を見た瞬間に、ふいに胸が苦しくなる。

触れられると体が熱くなって、逃げ出したい衝動にかられる。

「好きだ」も「愛している」も、映画やドラマのように言うことだってできない。

持てあました感情に振り回されて、結局この一年、手を繋《つな》いでデートするので精一杯だった。

ひろはぎしぎしと軋《きし》む音が鳴りそうなほどのぎこちなさで、なんとかうなずいた。

「き、気をつける」

「ええよ。おれが見てるから、ひろはそのままで」

……こういうところがずるいのだ。

ひろの心臓は痛いほどに鳴っているというのに、拓己はいつもと変わらない優しい表情で笑いかけてくる。

うっかり顔を上げて、その感情で溢《あふ》れた瞳を真っ正面から見つめてしまえば、そこから目を逸《そ》らすことなんてできない。

「……ありがとう」

子どもっぽく顔を赤らめるのも、自分ばかり余裕がないような気がして、ほんの少し悔しくて。

ひろは懸命に大人のふりをして、もう一度小さくうなずいたのだった。

拓己が暖房を入れておいてくれたのか、客間はずいぶんあたたかかった。

コートを脱いで畳《たた》んで部屋の隅《すみ》に置くと、ひろは拓己が同じように端に寄せておいてくれた自分の紙袋を見やった。あれ、と首をかしげる。

「なんだろう、これ」

思わずそうつぶやいた。

論文用の資料を持って帰ってきたはずだが、本とファイルの隙間《すきま》に見覚えのない細長い箱が、縦に突っ込んである。取り出すと横の長さが四十センチほど、縦幅と深さが十センチほどの桐箱《きりばこ》だった。細い紐《ひも》で三重に留められている。

こんな大きなものが紛《まぎ》れていて、どうしてここまで気がつかなかったのだろう。

ひろが首をかしげていると、拓己が盆に茶と菓子をのせて戻ってきた。

「とりあえずあったまり」

馴染みある香ばしいにおいに、ひろはぱっと顔を輝かせた。

「黒豆茶だ！」

深く煎《い》った黒豆の香ばしさが気に入って、最近は祖母もひろもこればかりだ。いつもより小さな湯飲みに少し濃いめにいれて飲むのが好きで、蓮見神社へ顔を出している拓己も、それをよく知っている。

小さな湯飲みは、拓己の手にあるとおもちゃみたいだ。そう思っていると、拓己がそれで、と畳《たたみ》の上に引っ張り出した桐箱を指した。

「学校で借りてきたんか？」

ひろは首を横に振った。

「わたしのじゃないよ。そもそも地下三階書庫のものだから、借りられないと思う」

ああ、あそこなと拓己が目を細めた。

ひろの通う大学は、かつて拓己も通っていた。龍ヶ崎大学は深草にあるキャンパスに大きな図書館を持っていて、地上四階、地下三階の書庫を有している。

特に地下三階は貴重な資料の保管庫でもあり、立ち入りも学生部で許可をもらう必要がある。

「おれら地下三階て入ったことあらへんけど、あそこ何があるんや？」

「古い本とか掛け軸とか巻物。あと木簡とかもあるよ」

ひろが言うと、拓己がへえ、と驚いたような顔をした。

拓己は在学中、経済・経営学部で図書館とは縁遠い学生時代だったのだろう。

ひろは文学部史学科民俗学専攻で、指導教授とともに地下三階書庫には何度か足を踏み入れたことがあった。

資料を適切に保存するため、温度・湿度がしっかりと管理されている場所で、よほどのことがないかぎり当然持ち出しも厳禁である。

「どうしよう、どこで持ってきちゃったんだろう」

とにかく連絡を、とひろが脱いで端にまとめておいたコートから、スマートフォンを引っ張り出そうとした時だった。

ことり、と小さな音がした。

ひろと拓己が、同時に後ろを振り返る。視線の先で桐箱のふたが開いていた。

ひろは恐る恐る拓己の顔をうかがった。

「……拓己くん、開けた？」

「いや、おれは触ってへんけど」

見上げた拓己の顔も、やや引きつっている。

そもそも細い紐で厳重に縛られていたはずだった。だがその紐は今はほどかれて桐箱の傍《そば》にわだかまっている。

それをまじまじと見つめて、ひろはぽつりとつぶやいた。

「……なんていうか、ホラー映画みたいだね」

「現実に起きると、怖いていうより普通にびっくりするんやな」

ひろと拓己は互いに顔を見合わせて、くすりと笑った。

——蓮見神社は昔から、水にまつわる相談事を引き受けてきた。

京都は水の町だ。

南北を鴨川《かも》と桂川《かつら》、東西を宇治川《うじ》が流れ、地下には巨大な地下水溜まり——水盆が広がっている。水にまつわる仕事も多く、やっかい事も多い。

祖母は、京都中から舞い込む相談事を解決するために、昼も夜も走り回っている。ひろもいつかはその仕事を継ぐつもりでいた。

拓己は伏見に古くからある酒蔵の跡取りで、ともにこういうものによく関わってきた。

だから二人とも、ホラー映画だと茶化せるぐらいには慣れている。

ひろはゆっくりと桐箱に手を伸ばした。中には一幅《ぷく》の掛け軸が納められている。

それにひろが触れた瞬間だった。

——……る、まる……。

ひろはわずかに目を見開いた。その声は確かに、ひろの耳に届いたからだ。

ひろが思わず顔を上げると、視線の先で拓己が眉を寄せる。

「聞こえたんか」

ひろはぐっと唇を結んで、うなずいた。

ひろは幼いころから、不思議な力を二つ持っている。

水がひろを助けてくれる力。そして、人ならざるものの声を聞く力だ。

井戸の蛙《かえる》や小さなトカゲが話す声、木々や草花のかすかな歌、風に吹かれた木の葉が、くすくすと笑う声は、いつもひろとともにあった。

声を聞くということは、その想いを拾い上げるということだ。それが、声を聞くことのできる自分の役目だと、今はそう思っている。

ひろは掛け軸を手に取ると、するりとほどいた。

天地は柔らかな草色、一文字《いちもんじ》は落ち着いた深い茶。特に目を引くものはなく、古いものでもない。近年、本紙の保存のために表装されたといった風だった。

本紙を広げて——ひろは息を呑《の》んだ。

浮世絵だった。たぶん肉筆画だ。

左上は雨の後だろうか、薄暗い空から淡い光が差し込んでいる。

その空から、満開の藤《ふじ》の花がしだれていた。

花は一つひとつ鮮やかに開き、ところどころに雫《しずく》がきらめいていて、雨上がりの瑞々《みずみず》しさを物語っている。

右下は一転して、燃えるような緋《ひ》色が彩っている。

炎を纏《まと》った獣《けもの》が天を向いて咆哮《ほうこう》を上げていた。鼻が長く炎に覆われた尾がふさふさとしている。狼《おおかみ》か犬か、どちらかだと思った。

その獣は屍《しかばね》の上に立っていた。

食いちぎられたはらわたや骨の飛び出た骸《むくろ》の上で、炎の獣が吠《ほ》えている。よく見ると右の前足だけがなかった。

雨のように降り注ぐ藤の花と屍の上に立つ獣は、まるで違う世界の存在のように思えた。

だが不思議と一枚の絵の中に収まっているのが、とても自然だとひろは思った。

「……怖いけど、きれいやな」

拓己がぽつりとつぶやいたのが聞こえて、ひろも静かにうなずいた。

怖いほどに美しい。見ていると心のどこかがひどく揺さぶられる。

そんな絵だった。

しばらくその絵に見入っていると、ふいにぽつりと声が聞こえた。

「——……残っていたのか」

ひろははっと顔を上げた。その視線の先に青年が一人立っている。

身の丈は拓己より少し低いだろうか。線が細くすらりとした美丈夫だ。蓮の花をあしらった薄い藍色の着物、肩までつくほどの白銀の髪、瞳は天に煌々《こうこう》と輝く月と同じ金色をしていた。

どこかひやりとした気配もあいまって、人ではないものだとすぐにわかる。

「シロ」

ひろが名を呼ぶと、彼はその口元だけでうっすらと微笑《ほほえ》んだ。

シロは、かつて京都の南に存在した大池——巨椋池《おぐらいけ》と呼ばれる、広大な池に棲《す》んでいた水神だ。本当の姿は、透明な鱗《うろこ》と黒曜石《こくようせき》のような爪を持った龍神《りゅう》だった。

いつもは小さな白蛇《しろへび》の姿をしていて、雨や雪が降ると人の姿をとることができる。

ひろは幼いころ蛇の姿のシロを助け、そして「シロ」と名をつけた。それからシロは、ひろに人ならざるものの声を聞く力を与え、その加護でもってひろを守ってくれている。

「なんや、来てたんか白蛇」

拓己がため息交じりに、あらかじめ一つ多く用意してあった湯飲みに、シロの分の黒豆茶を注いだ。

シロがこうしてふいに現れるのは、今に始まったことではない。ひろも拓己も茶や菓子は、こうしてシロの分まで用意しておくことが多かった。

ひろの横にあぐらをかいたシロが、あたたかい湯飲みを手に取って、むっと眉を寄せる。

「……跡取りの茶か」

「おれの茶に文句があるんか、白蛇」

拓己がじろりとシロを睨《にら》みつける。ふてくされたように口をつけたシロが、隣のひろを見て臆面もなく言う。

「ひろがいれてくれた茶がよかった」

「やかましいわ。おとなしくそれ飲んどけ」

拓己がふん、と腕を組む。ひろは口元を緩ませてそれを見つめていた。

シロと拓己の、仲がいいのか悪いのかわからないこういうやりとりが、実のところひろはわりと好きなのだ。

お互いに少しずつ、気が置けない関係になっているような気がするから。

「まあ、跡取りのも最近は、悪くないけどな」

「そらどうも！　偉そうに好き勝手言いよって」

ぎりぎりとこぶしを握りしめている拓己を見て、シロがにやりと笑った。

シロが一息つくのを待って、ひろは手に持ったままだった掛け軸をシロに差し出した。

拓己と話している間も、シロの目がひろの手元をずっと見つめていたことに気がついていたからだ。

「シロはこの絵のことを知ってるの？」

シロが息を詰めたような気配があって、そうしてゆっくりとうなずいた。

「……どれぐらいだったか。たぶん、二百年かそのぐらい前の町絵師が描いた浮世絵だ」

肉筆の浮世絵で、絵師は吉楽飛助《きちらくとびすけ》。

途中で名を変えたか、ともかく今はほとんど名の残っていない、しがない町絵師だった。

「この獣は山犬で、いつもこうして藤の花の傍にいた。名は――」

ひろからその掛け軸を受け取って、シロはその金色の瞳をきゅう、と細める。その声がほんの少し震えていることに、ひろは気がついた。

「――夕暮丸《ゆうぐれまる》」

外はますます風が強く、雪片が舞い散るように吹雪《ふぶ》いている。風の音に耳を澄ませるように、シロの瞳はどこかずっと遠くを見つめていた。

「おれとこいつは、まだこの町が都だったころに出会ったんだ」


おおよそ千年前。この地は政《まつりごと》の中心にあった。

南端には京《みやこ》の入り口、羅城門《らじようもん》がそびえ、その真ん中を朱雀大路《すざくおおじ》がまっすぐ貫《つらぬ》いている。

その先には、巨大な宮城が広がっていた。

男たちが政に精を出し謀《はかりごと》を腹に抱え、女たちの、季節それぞれにあしらいを変えた、袿《うちぎ》の花があちこちに咲いていた、そのころ——。

シロは、『指月《しげつ》』と名乗っていた。

一
夕暮れに藤の雨

1

梅や桜の季節が過ぎ、貴族たちの衣が夏の装いに変わったころ。

京《みやこ》の東に位置するその邸《やしき》では、今が盛りの藤見《ふじみ》の宴《うたげ》が開かれていた。

夕暮れはとうに過ぎ、空は夜の帳《とばり》に覆《おお》われている。月は薄雲にけぶり淡い光を落としていて、この時季にしては少々蒸し暑い夜だった。

指月《しげつ》はこの宴の、招かれざる客だった。

周囲に合わせて適当に決めた直衣《のうし》は、紋様の入った二藍《ふたあい》の紗《しゃ》。いつもは白銀の髪も金色の瞳も、今は闇《やみ》に溶けるような黒に化けている。慣れない烏帽子《えぼし》が、頭を動かすたびに左右に揺れるのが少々鬱陶《うっとう》しかった。

前には白木《しらき》の衝重《ついがさね》、その上に小皿が並べられて干鯛《ひだい》や棗《なつめ》、蕨《わらび》と虎杖《いたどり》の漬物、椀《わん》には魚の羹《あつもの》が、それぞれ少しずつ盛られている。酒は提子《ひさげ》ごと傍《そば》に置いて杯に適当に注いでいた。

指月は伏せていた瞼《まぶた》をゆっくりと上げた。

指月が一人陣取っている東の釣殿《つりどの》からは、寝殿《しんでん》とその前に広がる南庭、広く取られた池と中島を一望することができる。

指月はほう、と息をついて、手にした盃《さかずき》から酒を呷《あお》った。

見事な庭だった。

南庭には築山《つきやま》が築かれ、桜と梅が瑞々《みずみず》しい若葉を見せている。大きな池までは遣《や》り水《みず》が流されて、さらさらとした水音までが聞こえてきそうだった。

釣殿の近くには薄い黄色の若葉が茂る柳が、ゆったりと夜風にその身を揺らしている。その傍には山吹《やまぶき》の鮮やかな黄金が、篝火《かがりび》に赤々と照らし出されていた。

そして今宵《こよい》の主役は、池のほとりに植えられた藤であった。

太い松に絡まるように伸び、そこからしだれた枝先に、淡い紫の花が開いている。

この藤はやや花が遅く、満開になるまでにはまだ少し間がありそうだった。だが固く閉じたつぼみがほろりとほころんでいくその様もまた、晩春を経《へ》て夏を迎える瑞々しさを感じさせた。

指月のいる釣殿から見ると、池の水面《みなも》に藤の花と淡くけぶった月がちょうどよく見えて、それもまた酒が進む。

もとより気の置けない集まりであるとのことだったが、宴が始まってすでに十分に時が経《た》っており、やや堅苦しかった最初の雰囲気はずいぶんと緩んでいた。

檜皮葺《ひわだぶ》きの屋根の下、寝殿の簀子《すのこ》では貴族の男たちが、それぞれ座して酒を楽しみながら庭を眺めている。南庭には畳《たたみ》が引き出されて、若い貴族の男たちが藤の花とこの宵の美しさで詩歌を詠《よ》んでいるようだった。

どこからか琵琶《びわ》をつま弾く音が聞こえる。それに笙《しょう》と横笛の音が加わった。最初はてんでばらばらだったものが、笑い声を挟みながら一つに和していく。

その調べに耳を傾けながら、指月がわずかに目を細めた時だった。

「――見事なものだな」

ふいにそう声をかけられて、指月は顔を上げた。

振り返ると、同じ二藍の直衣に身を包んだ男が立っている。廊《ろう》を歩く音は聞こえなかったが、と指月はわずかに眉を寄せた。

男の身の丈は指月と同じくらいだろうか。細身の指月に比べて、ややがっしりとしている。つり目がちの黒い瞳がじっとこちらを見つめていた。

ふと鼻をくすぐるにおいがある。貴族たちが好んで焚《た》きしめる香の類《たぐい》だった。

だがその奥にわずかに、何かを焦《こ》がしたような――炎のにおいがした。

指月が黙して答えないでいるのにもかかわらず、その男は言葉を続けた。

「『蓮《はちす》の君』とやらはあんたのことだろう。女たちが、みなあんたのことを話している。

傍を通るといつも几帳《きちょう》越しに、蓮《はす》の涼しげな香りがするのだと」

　指月はそれにも答えずに、口の中に残る酒を飲み下す。舌の上でぱちぱちとはじける感覚の後、ほのかに甘い香りが続いた。

　男が口の端に笑みを浮かべて続ける。

「藤原《ふじわら》か橘《たちばな》の家の者だとか、みな好き勝手に言っているが――あんたが本当は何者なのかだれも知らないんだ」

　指月は一つ嘆息した。

　せっかく酒も管弦も楽しんでいたというのに、妙な邪魔が入った。鬱陶しかったが、答えなければどこかに行ってくれそうになかった。

「……お前こそ、うまく化けたようだが――」

　月光を淡くぼかしていた薄雲が、さあっと晴れた。深く宵に沈む夜空に、その金色の輪《りん》郭《かく》があらわになる。

　指月はそれまで黒く染めていた瞳を、月と同じ硬質の金色に輝かせた。

「――獣《けもの》のにおいがするぞ」

　男が次の瞬間、にい、と唇をつり上げた。男の瞳からさっと晴れるように黒色が抜ける。その瞳は宵の中にふいに灯った炎のような、鮮やかな緋《ひ》色。

香に紛《まぎ》れていた獣のにおいがぐっと濃くなって、笑った口の端から鋭い牙がのぞいていた。

「東山《ひがしやま》に炎を喰《く》らった山犬が棲《す》むと聞いたが、それがお前か？」

指月がそう言うと、男はわずかに目を見開いた。

「おれのことを知っているのか。光栄だな。おれもあんたのことを知ってる。――巨椋《おぐら》の入り江の主《あるじ》どの」

京に棲む人ならざるものの中で、指月のことを知らないものはいないだろう。

京の南には、彼方《かなた》を見通せぬほどの広大な池が広がっている。巨椋の入り江だとか、ただ大池だとか呼ばれていた。

指月はそこに棲む水神だった。

京に流れる川と、地下深くに沈む水脈はすべて指月のものだ。だからみな指月のことを、主と呼ぶ。

緋色の山犬は、鬱陶しがっている指月のことなどお構いなしという風に、いそいそと近寄ってきてその傍に座した。

「なあ、あんた最近『シゲツ』と名乗ってるんだろう」

「だから何だ」

指月が嫌そうな顔をしても、この男はめげなかった。

「シゲツとはどう書くんだ」

「……月を指す」

「意味は？」

「……お前、やかましいな」

指月はぎゅうと眉を寄せた。

「いいだろう？　教えてくれ」

なあ、と親しげに話しかけてくる男に、指月は隠しもせずに舌打ちをした。

「おれの棲み家の傍に月が見える丘がある。あそこに、時々人が来る」

巨椋の入り江とその傍の小高い山――のちに指月の丘と呼ばれるそこは、観月の名所だ。宮城の周りに住む貴族たちが、時々、月を愛《め》でにやってくる。

ある月の美しい夜。

だれとも知らぬ男が、酒を呑《の》みながら月を眺めて言った。

――この地では、四つの月を楽しむことができる。空の月、川の月、池の月、そして杯の月。

彼の持つ杯には、見事な満月が浮かんでいた。

四月、そしてそれは月を指す指月となった。

その男の言葉を聞いた時、巨椋の入り江に棲む龍神《りゅう》はなるほど、と思った。

彼はこれまで「巨椋の」とか「大池の」などと呼ばれていたのだが、そろそろ名というものがあってもいいと思っていたのだ。

自分を指す言葉があると、それだけで己の輪郭《りんかく》がはっきりする気がした。

それから彼は指月と名乗り始めた。

緋色の山犬は、満足そうに何度かうなずいた。

「名はいい。自分が何者か、はっきりわかる気がする」

男は座した場所から、ずいっと身を乗り出した。

「指月、おれにも名があるんだ」

「そうか。おれには関わりがないな」

指月はそれだけ言って、きっぱりと視線を逸《そ》らした。

お前の名には少しも興味がないと示したつもりだったが、男は、では、と言わんばかりに心持ち胸を張った。指月の話を聞くつもりは微塵《みじん》もないようだった。

「——おれは夕暮丸《ゆうぐれまる》だ」

見開かれた緋色の瞳を正面からのぞき込んで、指月は静かに息を呑んだ。

瞳の奥に、綺羅星《きらぼし》のように輝く光がある。

ああ、この男はこの名が誇らしくうれしいのだ。

そんな風に溢《あふ》れんばかりに感情をたたえた瞳はまるで——人間のようだと、そう思った。


——管弦の音を裂いて、ガタン、と何かが倒れる音がした。寝殿の方からだ。

視線をやった先、簀子に屏風《びょうぶ》が横倒しになっているのが見えた。

管弦の音が止まり、寝殿の簀子や渡殿で庭を眺めていた者も、庭に座して歌を詠み合っていた者たちも、みな何事かと視線を向けている。

そこに半ば泣いているような、やや情けない声が響いた。

「——……なにとぞ、なにとぞ……」

男が一人、屏風の傍に膝《ひざ》をついていた。ここからは見えないが、廂《ひさし》の奥にさらに立てられた屏風の内側から、だれかが声を荒らげているのが聞こえる。

やがて男は居心地が悪そうに、何度か頭を下げながら廊の方へ姿を消していった。

しばらくの沈黙の後。だれかの囁《ささや》くような笑い声が池を渡る風に乗って聞こえた。それで、宴は元の空気を取り戻した。

だれもがちらちらと男が去っていった廊を見やっては、何事かを言い合っている。男を嘲笑《あざわら》っているのだとわかった。

「――哀れなものだな」

我が物顔で指月の隣に陣取った夕暮丸は、これもまた指月の酒を勝手に呑んでいる。おれの酒だ、と指月はため息交じりにその手から提子を奪い取った。

「……あれは何だ」

管弦の音が途切れたのが不愉快で、指月がそう問うと、夕暮丸が肩をすくめた。

「直接的にではないだろうが、うちの娘のもとにはもう通わないのか、と聞いていたんだろう。宴の席ではずいぶんと無粋な話だ」

夕暮丸が訳知り顔で言った。どうやら内裏《だいり》でも度々、人の噂《うわさ》に上っているようであった。

屏風の内にいるこの邸の主は、藤原の某《なにがし》という男だ。内裏では左大臣《ひだりのおとど》に任じられている。その左大臣があちこち女のもとに通っているというのは、指月も聞いた話だった。

女のもとに男が通い続ければ、その親や兄弟にも恩恵があるのだろう。

「左大臣といえば、いまや内裏の中でも出世頭、というやつだからな」

夕暮丸が肩をすくめた。

今上帝《きんじょうてい》にはこの左大臣の娘が入内《じゅだい》している。その頃帝《みかど》にはすでに妃《きさき》がいたが、不幸なことにその後すぐに亡くなった。あとは左大臣の娘が帝の子を産めば、祖父としてその地位は確実なものになる。

夕暮丸がぽつぽつと話すのを聞きながら、指月はふうん、とうなずいた。

要するに自分が帝になるわけではなく、将来帝になる孫を通じて政《まつりごと》に口を出そうとしているわけだ。

「ずいぶんまどろっこしいんだな」

そう言うと、夕暮丸が神妙な顔でうなずいた。

「おれもそう思う。そもそも一番偉い者を決めたいのなら、帝になりたい者が集まって戦って、勝った者がやればいい」

それは獣の流儀だとも思ったが、指月にもまだそちらの方が納得がいった。

夕暮丸は手にした杯から酒を呷る。

「でもそのややこしさが、人の面白さなんだってさ。おれはそれが知りたくて人に交じっている」

夕暮丸が穏やかに笑っている。だれかのことを思い出して、思わずこぼれたといった風だった。

この山犬は時々、人のような表情をする。

なあ、と問われて、指月は鬱陶しそうに顔を上げた。

「あんたはどうしてここにいるんだ」

指月は酒を呷る手を止めた。

酒のためだ、と言うつもりだったが、それはちがうと自分でもわかっている。

酒はいつでも、いくらでも手に入ったからだ。

指月は龍神だ。少しばかり川を溢れさせてやれば、人間は儀式だなんだと酒でも餅《もち》でも供えてくれる。

夕暮丸の緋色の瞳がじっと自分の答えを待っている。

「……別に理由はない」

それは嘘《うそ》だった。

指月は無意識のうちに酒杯とは反対の手で、とん、と自分の胸に触れていた。

――ここに、ずっとうつろがある。

それに気がついたのは、いつだっただろうか。


――京の入り口、羅城門《らじようもん》よりずっと南には池が広がっていた。

巨椋の入り江と呼ばれ、彼方を見通すことのできないほどの広大な池だった。

浅く広い池はたくさんの生き物を育《はぐく》み、夏には美しい蓮が花開く。

そこが指月の棲み家だった。

月がずいぶんと低くなり、東に夜明けのきざしが見えるころ。

指月は左大臣の邸の宴から、自分の棲み家に戻ってきた。煌々《こうこう》と月の照るその夜、その場所には宴の場とは違う静寂が満ちていた。

美しい月の光を満たした水面は小さな魚や虫が跳ねるたびに、波紋を描いた。

指月は人の姿のまま水面に座って手を差し入れる。そこからさざ波のように広がる波紋が、まるい月の輪郭を乱すのが面白かった。

息を吸う。

晩春の花の香に交じって、若芽が萌《も》えいづる青いにおいがする。

染み入るような静けさだった。

この棲み家を指月は慈《いつく》しんでいた。

小さな生き物がうごめく様、夏に開く美しい蓮の花々、冬の冷たい空気に磨かれた清冽《せいれつ》な水鏡のような水面。

この場所で、指月はいつも一人だった。

恐ろしい京の龍神に話しかけるものは、あまりいないからだ。

この場所で長い時を生きる中で、指月はいつからか、おのれの胸の内にうつろがあることに気がついた。

普段とても静かだが、こうして一人の夜にざわりと波立つことがある。そしてそれは時たま、じくり、じくりと痛むのだ。

人の喧騒《けんそう》に交ざると、そのうつろをほんの少し忘れることができた。

酒の合間に交わされる他愛ない話、貴族の若者たちが奏でる管弦の調べ、季節に合わせて装いを変え、歌という短い言葉を紡《つむ》ぎ合う。

それはどれも、静寂に慣れた指月にとってはうるさくて面倒で、大して興味もなかったけれど。

その間だけは、胸のうつろがじわりと埋まるような、そんな気がする。

指月は立ち上がって、ふ、とあたりを見回した。

ああ、ひどく静かだ。そうしてまた、胸のうちがじくりと痛むのを感じた。

その痛みの正体を、指月は知らない。

水平の彼方には月の光から逃れた綺羅星が一つ、二つ瞬《またた》いている。

2

羅城門から北に向かって、朱雀大路《すざくおおじ》という大通りがまっすぐに走っている。その先に朱雀門、それをこえると巨大な宮城が広がっている。

宮城の中には帝の住む内裏があり、その内裏から南面し――つまり帝から見て右を右京《うきょう》、左を左京《さきょう》と呼ぶ。

その左京、六条《ろくじょう》の端にぽつりと古い邸があった。かつては名のある貴族の邸だったのだろうが、今はうち捨てられて狐狸《こり》の棲み家となっている。

その腐りかけた檜皮葺きの屋根の上に、指月はあぐらをかいて座り込んでいた。

宴の時とは違い、裾《すそ》に蓮の花をあしらった薄い藍色の単衣《ひとえ》を纏《まと》っている。人が着るより丈も袖《そで》もやや短めで、人間の格好としては人前に出るものではないそうだが、これが一番指月の好みに合っていた。

髪は白銀、瞳は黄金の指月本来の姿だ。

指月は宴に交じるのでもなければ、髪や瞳の色を変えることはしない。多少人に交じるくらいであれば、その目に留まらないほどに気配を薄めてしまえばこと足りた。

指月はその月と同じ金色の瞳を細めて、じろりと傍《かたわ》らを見上げた。

「――お前、内裏では「たそかれ殿」と呼ばれているそうだな」

視線の先には、屋根の上を行ったり来たりうろうろしている夕暮丸がいる。

柳色の狩衣を纏い、髪も目も本来の緋色から黒く染め、指月とは違って人と行き会ってもあまり目を引かない格好を装っている。

「いつの間にか現れたりふと消えてしまったりするから、まるでたそかれ時に行き会ったかのようだ、と」

指月がそう言うと、夕暮丸はぴたりと止まって、不満そうにじろりとこちらを向いた。

「おれはあんたみたいに、そうそう気配を殺せないんだ。こっちは人に交じるのも一苦労なんだぞ」

京の水神たる指月と、元は獣らしい夕暮丸ではその力にも本質にも大きな差がある。それだけにこうして自分に声をかけてくるのが、指月には少し珍しくもあった。

——あの宴の日から、指月は内裏で夕暮丸とよく顔を合わせるようになった。

夕暮丸は本当にどこにでもいた。

束帯《そくたい》姿で参内《さんだい》した公卿《くぎょう》や殿上人《でんじょうびと》とともにいたかと思えば、下級役人の格好をして市に使いに出たりもする。女房たちからの覚えも良く、几帳越しに歌を渡されていたのを見たこともある。

そのくせだれかが探している時には姿を見せないものだから、「たそかれ殿」とはよく言ったものだ。

「女たちがよくお前の話をしている。よくよく人気のあることだな」

指月がにやりと笑うと、夕暮丸がふんと鼻を鳴らせて、こちらを見下ろしてきた。

「そういう蓮の君どのもずいぶんなお噂だぞ。宴の時しかお姿を見ないけれど、いつもはどこかの姫の邸に、熱心にお通いになっていらっしゃるのかしら」

夕暮丸が甲高い女の声を真似するものだから、指月は気味が悪いと肩をすくめてやった。

昼を幾分過ぎた頃合いで、日差しもぽかぽかとあたたかい。ふわ、とこぼれそうになるあくびをかみ殺して、指月はそれで、と夕暮丸を見やった。

「その宴の席から引っ張り出しておいて、何の用なんだ」

今日とて指月は、内裏の小さな宴に殿上人の姿で交ざっていたのだが、行き会った夕暮丸にここまで引きずられるように連れてこられたのだ。

夕暮丸がわざとらしく首を横に振った。

「いやいや、まさか巨椋の入り江の主どのが、快《こころよ》く付き合ってくれるとは思わなかった」

「何が快く、だ」

指月はじろりと傍らを睨《にら》んだ。

ついてこなければ、『蓮の君』が通う姫君の正体を、面白おかしくでっち上げて吹聴するぞ、と脅してきたのはこの山犬だ。

後宮の女房たちはいつも浮いた話に餓《う》えている。ひとたび噂になろうものなら、宴の席で好奇心のままに問い詰められ、面倒なことになるのは目に見えていた。

苛々《いらいら》と髪をかきまぜる指月に、夕暮丸が、はは、と笑った。

「冗談めいて脅しても、あんたがその気になれば、おれごとき池の底だって話だよ」

指月はこの山犬のことを案外気に入っているのだが、顔に出したつもりはない。だがそれを見透かされているような気がして、指月は唇を結んだままふんと鼻を鳴らした。

――その邸はずいぶんと長い間、人の手も入らずに放置されていたようだった。

腐った屋根から剝がれ落ちた檜皮が、庭にわだかまっている。寝殿にも対屋《たいのや》にも格子《こうし》が下ろされ、妻戸《つまど》も閉め切られていたが、あちこち朽ちて大きな穴が開いていた。

足元の板張りは雨の痕《あと》が痛々しい。

かつては美しかったのだろう南庭も、白砂の隙間《すきま》から雑草が伸び、池は涸《か》れて見る影もなかった。

夕暮丸に案内されたのは、その腐った廊の先にある西の対屋だった。

歩けば踏み抜いてしまいそうな廊に眉を寄せていた指月は、その対屋を見てわずかに目を見張った。

板間は色が変わっているものの、埃《ほこり》は丁寧に払われていて、放置されていたらしい調度品は、隅《すみ》に立てられた几帳の後ろにまとめて押し込まれている。

外に近い廂には、古い畳が二枚、座として設けられていた。

どこから持ってきたのか、脇息《きょうそく》に文台《ぶんだい》、硯箱《すずりばこ》、香炉《こうろ》などが周りに置かれている。文台には質の良い料紙が、その傍には書がいくつか置かれている。

周囲を几帳で設《しつら》えたそこは、明らかにだれかのために整えられた場所だとわかった。

夕暮丸は手慣れた様子で、格子を上げた。

外からさあっと昼の光が差し込んでくる。

まぶしさに思わず目を細めた指月は、その先を見て、息を呑んだ。

——雨だ、と思った。

日差しを透かすように、淡い紫の美しい雨が降っている。

満開の藤の花だった。

朽ちた木に細い蔓《つる》が絡まり合って、花房《はなぶさ》を垂れ下がらせている。

一つひとつに薄紫の小さな花が開き列をなしている様は、まるではらはらと空から降り注ぐ雨のように、指月には見えた。

ほう、と一つため息をつく。

「見事だろう」

振り返ると夕暮丸が、自分のことのように胸を張っていた。

格子を上げた先は壺庭《つぼにわ》になっていた。

南庭と同じで雑草が伸び放題、白砂は苔《こけ》むしてやや緑がかって見える。簀子は半ば庭に腐り落ちていた。

その朽ちた庭の中で、藤の花だけが堂々とその美しさを誇っている。

「……ああ、悪くない」

指月は思わずそうこぼしていた。

それが指月なりの褒め言葉だと、この短い付き合いの中で夕暮丸もわかっているのだろう。本当にうれしそうに、そうだろう、と顔をほころばせた。

その時だった。

「──夕暮丸」

ほんのかすかな声が、夕暮丸の名を呼んだ。

秋に鳴くまつむしの声によく似ていると、指月は思った。りんりんと鈴を転がすような可憐《かれん》な声だ。

指月が瞬《まばた》きするその一瞬の間に、廂に女の姿があった。

瞳は淡い紫色、長い黒髪を腰まで伸ばし梳《くしけず》って艶《つや》やかに整えているのは、宮中に暮らす女たちに似ている。緋袴《ひばかま》に唐衣《からぎぬ》は薄い紫色、さらに淡い薄色や白の袿《うちぎ》を重ね、袖には美しい藤の襲色目《かさねいろめ》が現れていた。

　指月はわずかに目を細めた。

　藤色の女からは、夕暮丸の気配がした。

「雨藤《あめふじ》」

　夕暮丸が彼女を呼ぶ声音《こわね》は、この日差しのようにあたたかく明るい。

　だがちらりと見やったその瞳に、指月はああ、と納得した。

　その緋色の瞳の奥に、渦巻く炎を見たからだ。

　溢れんばかりにこぼれそうなそれを、懸命に押し隠して、夕暮丸は女に笑いかけている。

　なるほど――山犬が執着しているのは、この女か。

　――指月と夕暮丸がそれぞれ座した後、雨藤が指月を見て首をかしげた。

「夕暮丸、こちらは？」

「指月。巨椋の入り江の水神だ」

　まあ、と雨藤の瞳が輝いたのがわかった。

「わたくしは雨藤と申します。指月殿のお話は夕暮丸がたくさん話してくれました」

　ずい、と身を乗り出してくる雨藤に、指月は無意識に身を引いた。この妙に押しの強い距離感も夕暮丸にどこか似ていると思う。

「どこかの姫のもとに通っていらっしゃるのでしょう！　内裏で出会った女房と聞いております。なんでもひと目で気持ちが通じ合い、若い殿方に虐《しいた》げられていたのを救い出して、京の外《はず》れに邸を建てて住まわせていらっしゃるとか！」

なんだその話は。

指月は一瞬きょとんとして、すぐさまじろりと夕暮丸を睨みつけた。夕暮丸がどこか焦った様子で、そろりと視線を逸らしたのがわかる。

これは女の気を引きたくて、あの山犬があることないこと吹き込んだに違いない。

「……お前」

思わず腰を浮かせて詰め寄ろうとした指月の肩を、夕暮丸がまあまあ、と押さえた。

そのままくるりと雨藤の方を見やる。

「雨藤。この間、蓮の花がどのように咲くか知りたがっていただろう。指月がよく知っていて、ぜひ話したいというから連れてきたんだ」

指月は思わず夕暮丸を振り返った。

どうやら雨藤に蓮の話を聞かせたくて、指月をここへ呼んだらしいが、そんなことは一言も言っていなかったはずだ。

「指月の棲む巨椋の入り江は、水無月《みなづき》にかけて美しい蓮の花が咲くんだ。紅《くれない》に真白に桃色に、様々あるんだろう？」

なあ指月、とこちらを向いた夕暮丸の目が、切に「頼む」と訴えている。

冗談じゃないと顔をしかめて視線を逸らした先、思ったよりも近い距離で、今度は雨藤の好奇心に輝いた瞳があった。

「蓮は咲く時にぽんと音が鳴るそうですが、それは本当なのでしょうか。色は何色が一番美しいのでしょう。わたくしのような藤の色もあるのでしょうか」

夕暮丸と雨藤に挟まれて、指月ははあ、と肺の奥から嘆息した。渋々口を開く。

「……蓮が咲く時は、空気がはじけるような音がすることがある。本当にかすかだが、静かな中だとわかることもある。色は……藤の色はおれは見たことがないな」

夕暮丸が指月の肩を何度か叩いた。

「指月の棲む巨椋の大池は、夏になると一面、蓮の花で埋め尽くされるそうだ」

雨藤の、淡い紫の瞳がキラキラと歓喜に輝いている。

「それはさぞ美しいのでしょう……！」

いつか、と。そうつぶやいて、細く白い指先をきゅう、と握りしめた。

「わたくしも、見てみたい……」

雨藤がそう震えるようにこぼした。夕暮丸が、その指先を小さく握りしめた。

「大丈夫だ、雨藤」

雨藤の薄紫色の瞳を、まっすぐにのぞき込む。

「おれが絶対に連れていく。——あの日、約束しただろう」

雨藤が口元をほころばせたのが、指月にはわかった。

——雨藤が意識を得た時、彼女はすでにこの朽ちた邸に一人きりだった。

ぼんやりとする意識の中で、どうしてだか自分の中に鮮やかに根付いた記憶があった。

自分はかつて宮城の藤であったということだ。

宮城の中にある帝の御所、内裏と呼ばれるそこに、帝の妃たちが住まう後宮がある。そのうちの一つ、飛香舎《ひぎようしや》には美しい藤が咲き誇る壺庭があった。

だから飛香舎は藤壺《ふじつぼ》と呼ばれた。

雨藤はかつて参内していたこの邸の主が、その当時、藤壺に暮らしていた女御《にようご》から一房を賜《たまわ》ったものだ。

だから雨藤の中には内裏の記憶があった。

それはいつでも、人とともにある記憶だった。

白砂が敷かれた広大な清涼殿《せいりょうでん》の庭、右近《うこん》の橘と左近《さこん》の桜。殿上人たちが一堂に集《つど》い、長い裾を引きずって行き来する様が豪奢《ごうしゃ》で、見とれてしまったこと。

後宮に住まう女御や女房たちの、美しい襲の色。それがまるで宮中に季節の花が咲いたように華やかだったこと。

雨藤の記憶の中の人々はみな、生き生きとしていた。

少しでも美しくあろうと、女房たちが懸命に香を練ったり歌を詠んだりする様。几帳の下からのぞく唐衣の裾と艶やかな髪で、男たちの目を引くためにあれこれ競う様。

季節の花と風雅を愛でる、宴の数々。

人が出会い几帳や御簾《みす》越しに会話を重ね、やがてそっとその指先を触れ合わせる。

宮中にはそんな人の営《いとな》みが様々に溢れ、その鮮やかさに雨藤はいつも心奪われていた。

いつか自分も、この人の営みに交ざってみたいと、そんな夢を見た。

けれどその記憶とは正反対に、雨藤自身は朽ちた邸に一人きりだった。

その場から動くこともできず、ただ雨風に邸が壊れ朽ちていくのを、ぼんやりと見つめている。

それはひどく寒く、冷たく、胸の内にぽかりと穴が開いたような心地だった。

雨藤を慰めたのは、唯一自由に眺めることができた京の空だ。

暁《あかつき》の淡い柑子《こうじ》色、宵の紫紺《しこん》、縹《はなだ》色の昼の空。

何より好きだったのは、夕暮れ時だった。

東の端から淡く自分の藤の色に染まり、柑子色になり茜《あかね》色になり、やがて緋色が西の山の端《は》を焼いていく。

その夕暮れを、雨藤は一人きりでずっと眺めていた。

何年も、何年も――……。

やがて己が少しずつ弱っていって、体が端から枯れていくのがわかった。もう次の春に花をつけることはできないだろう。

そう半ば諦《あきら》めていた冬の終わり。その山犬は、雨藤の前に現れた。

毛並みもその瞳も、炎を抱いたように鮮やかな緋色をしている。

ああ、これは夕暮れの色だと思った。

空を染め上げるそのあたたかな緋色が、雨藤は大好きだった。

山犬は、それから時々やってくるようになった。

雨藤は山犬にぽつぽつと様々な話をした。

内裏のこと、人の営みのこと。山に咲く桜や梅や、美しく色づく紅葉《もみじ》のこと。記憶にはあるけれど、雨藤自身は一度も見たことがないということ。

そしてその山犬と同じ、空の美しい夕暮れの色のこと。

聞こえているのかいないのか、山犬はいつも黙って雨藤の傍に、ただ静かに寝そべっていた。

ずっと一人きりだった雨藤にとってその時間がとても愛《いと》おしく、大切なものになった。

ある春の日。山犬は人の姿を持って現れた。その手に、山吹の枝を持っていた。

それを雨藤に差し出して笑ったのだ。

「お前に見せたかった」

枝にころころと開く愛らしい山吹の花が、美しくてうれしくて。その枝に意識を伸ばしたその瞬間。

雨藤は自分が人の姿になれることに気がついた。

目に入るすべてのものが鮮やかだった。枯れかけていたはずの己の枝葉が、瑞々しい緑色であること。

見上げた春の空が、思っているよりずっと澄《す》んでいて高いこと。

風が頬《ほお》を撫《な》でていく感触、若芽が萌える青いにおい。

そのすべてに、胸の内が震えるようだった。

赤みがかった黄金色をした山吹の、その枝をつかんだ雨藤の手を取って、山犬は言った。

「これからは、おれがどこにだって連れていってやる」

約束だから、と。

――指月の前で雨藤はつい、と瞳を伏せた。長い睫《まつげ》の影がその頬に落ちる。

「夕暮丸が、わたくしを見つけてくれたのです」

雨藤のその細い指先を、夕暮丸の大きな手のひらがぎゅう、と包み込んでいる。そのあたたかさに、雨藤がうれしそうに口元をほころばせているのがわかった。

「約束する。おれは雨藤をもう一人にはしないんだ」

その緋色の瞳が、爛々《らんらん》と輝いている。

ああ、このまま取って喰ってしまいそうだな、と。指月は黙ってそれを見つめながらそう思った。


――夕暮れが迫るころ。朽ちた邸の屋根の上で、指月は傍らの男を見やった。

足元には夕暮丸の影が黒々と長く伸びている。緋色に縁取られたその黒い影は、今は獣の形に揺らめいていた。

「お前、あの藤に力をやったな」

そう言うと、夕暮丸が視線だけでちらりとこちらを見た。

「雨藤に出会った時、あれはほとんど枯れていた。だが人のように風雅を愛でてみたいと言うから、人の姿にしてやったんだ」

会うたびに少しずつ満たして、やがて雨藤は人の姿を取ることができるようになった。

あの部屋を整えたのも夕暮丸だ。座を整え、書や菓子を与え、大切に大切に囲っている。

「……まるで獣の縄張《なわば》りだな」

指月は皮肉気に口元をつり上げた。夕暮丸がずっと遠く、夕日で緋色に染まる西の山《にしのやま》をじっと見つめている。

「雨藤は、まだ今はあの邸から離れられない」

指月たちのようなものは、本来棲み家から遠く離れることができない。雨藤のように元の力が弱ければなおさらだった。

「だがもう少し……。もう少しで、あそこから連れ出すことができる。そうしたら、いろんなところに連れていってやるんだ」

夕暮丸は己の瞳にうつる緋色を見たことがあるだろうか。今にも取って喰ってしまいそうな、人ならざるものの餓えた目だ。

その瞳は、もう少しで雨藤は自分のものになると、そう言っているような気さえした。

それから指月は、ことあるごとに夕暮丸に引きずられて、雨藤のもとへと訪れるようになった。

たいてい内裏や貴族の邸で気分よく宴に交じっているところを、夕暮丸が訪ねてきては引きずっていかれるものだから、指月にすればいい迷惑である。

だが夕暮丸と雨藤に付き合うようになって、指月もわかってきたことがある。

この山犬が、案外意気地がないことだとか。

「――いい加減、二人きりで逢《あ》え」

いつもの通り朽ちた邸の廊を歩きながら、指月は呆《あき》れたように言った。

前を歩く夕暮丸がむす、と唇を結ぶ。あれだけ約束だとか、一人にしないとか言っておいて、二人きりで話すと未だに緊張するらしい。

「うるさいな……」

だからあれこれと理由をつけて、指月を付き合わせているのだ。

だが面倒だと思う反面、ここで夕暮丸や雨藤と過ごす時間を穏やかに感じる自分もいることに、指月は気がついている。

格子を上げた昼間のあたたかな日差しの中で、雨藤が見よう見まねで練った香を聞いたり、内裏からかすめ取ってきた書を三人で読んでみたりする。

それぞれ筆で料紙に歌などを書き写してみて、手蹟《しゆせき》を見比べた時には、そのあまりのひどさに顔を見合わせて笑ってしまった。そうして、人間はよくあんなふにゃふにゃとした筆先で器用に字を書くものだと感心した。

左大臣の邸から夕暮丸が——おそらく無断で——もらってきた唐菓子を食べた時には、その美味《うま》さに指月も思わず歓声を上げた。

あれ以来、酒もいいが菓子も悪くないと思うようになった。

あとはのんびり畳に寝そべって、夕暮丸や雨藤にねだられるままに京の話をする。

この穏やかな時間は案外悪くないと、指月も素直にそう思う。

——その日、そういえば、といった風に夕暮丸がぽつりとそれを口にした。

「京に鬼が出るそうだ」

人のまねごとをして料紙に書き物をしていた雨藤と、脇息にだらしなくもたれかかって、酒を呷っていた指月は、そろって夕暮丸の方を向いた。

内裏の藤がそろそろ盛りを終える。近々その散りぎわを愛でようと、内裏の後宮で宴が開かれるという話が一段落した頃合いだった。

雨藤が手を止めて首をかしげた。

「鬼ですか？」

夕暮丸はうなずいて、面白そうだろう、と言わんばかりにその身を乗り出した。

――最初にその鬼を見たのは、左大臣の邸の女房だったそうだ。

女鬼だった。

痩《や》せこけた頰、艶のない縮れた黒髪。生白い肌に単衣を纏って、幽鬼《ゆうき》のようにふらふらと南庭をさまよっている。

悲しげな声で、囁くように「殿」「殿」と呼び続けていたそうだ。

どうやら鬼は、邸の主――左大臣その人を探しているようだった。

やがて鬼は左大臣の参内している内裏にも姿を現すようになった。

「それが続くようになって、陰陽師《おんみようじ》が邸と内裏にも結界を張ったんだと」

宮城には様々な仕事をする人間がいて、その中には暦《こよみ》やまじないに通じる者もいるそうだ。それを陰陽師と呼ぶことを、指月も知っている。

たいていは星を見たり儀式の準備をしているが、その中にはたまに力の強いのもいて、人ならざるものを見たり祓《はら》うことができるそうだ。

左大臣には信頼している陰陽師がいるのだと、夕暮丸が言った。その陰陽師のすすめで、左大臣はしばらく参内もひかえているという。

「もうずいぶんなじいさんらしいが、昔、瓜の実に仕込まれた呪詛《じゆそ》から、左大臣を守ったんだとか」

「……お前、本当によく知っているな」

指月が脇息から身を起こして半ば感心したように、半ば呆れたように夕暮丸を見やった。

この山犬は内裏のあちこちに顔を出しているだけあって、その手の話に妙に詳しいのだ。

それだけじゃないぞ、と夕暮丸が己の杯から酒を呷った。

「鬼の正体が、左大臣がかつて通っていたどこぞの女で、それがまだ生きているらしいと内裏ではもっぱらの噂だ」

指月は左大臣邸での藤見の宴の時、屏風を転がして逃げ帰った男を思い出した。左大臣には通う女も多く、その分あちこちで恨みもかっているのだろうと思う。

「その女が鬼になったか」

指月はふん、と鼻を鳴らした。

臥《ふ》せった女がその哀《かな》しさに、想いだけが体を抜けて、愛おしい男を探してさまよい歩くのだ。

その哀れさと恐ろしさを、人は鬼と呼ぶらしい。

夕暮丸が、面白いだろう、と振り返った先。

雨藤が痛ましそうに顔を伏せていた。

「……それはとても、哀しいことですね」

その声音がずいぶんと沈んでいて、指月は夕暮丸と顔を見合わせた。

雨藤がその藤の襲からのぞく、両の手の細い指先を、そっと絡めてつぶやいた。

「その姫は、きっととてもさびしかったのでしょう」

さびしい、と指月は無意識のうちにつぶやいていた。

雨藤がええ、とうなずく。

「女は殿が通うのを待つ身です。次はいつ、次はいつと、いつも焦がれる想いだったのでしょうから」

自分を大切だと言ってくれた者が他の女のもとへ通い、いずれここへは来なくなる。

己はここで待ち続け、ずっと……ずっと一人きりだ。

「きっとその鬼になってしまった方も、ずっと待って、待って、待ち続けて……この胸の内のあまりの哀しさに、とうとうさまよい出てしまったのでしょうね」

雨藤は儚《はかな》く笑った。

「わたくしも、少しはその方の気持ちがわかるような気がします」

雨藤がとん、と己の胸を指した。

「どうやら人には、ここに何かがあるようなのです。うれしい時、悲しい時、いつも波立ち落ち着かず、とても騒がしいのです」

雨藤は胸に触れた指先を、きゅう、と小さく握りしめた。

「たった一人で空を見上げて待ち続けていると……わたくしもここが寒く、空っぽになったような気がしてさびしくなるのです」

人はここにあるものにいつも振り回されている。そう言う雨藤に、指月は眉を寄せた。

「人間は、ずいぶん面倒なものを持っているんだな」

雨藤がふふ、と笑った。

「けれどその様が、わたくしは愛おしくてたまらない。人は柔らかく、脆《もろ》く、それでいて時々とても美しく思えるのです」

いつの間にか自分の酒を呑む手が止まっていることにも、指月は気がついていなかった。どうしてだか己の胸の内にある、うつろのことを思い出していた。

「──それこそが、人の持つ『心』というものです。心こそが人なのだとわたくしは思います」

その雨藤の言葉は、不思議と指月の耳に残った。

この先、何十年も、何百年も──千年の先も。

——日が傾き京に夕暮れが訪れる。夏に近いこの時季は、夕日の色は空の端を焼くような鮮やかさだった。

それを眺めながら、夕暮丸がぽつりと口を開いた。

「……人の心こそが愛おしいんだとさ」

指月はその横顔をうかがった。

だれかに見られる心配がないからだろう、夕暮丸のその瞳は夕日の茜を煮溶かしたような、緋色に染まっている。

夕暮丸がとん、と己の胸を叩いた。

「雨藤は人間が好きなんだ。それはたぶん、ここに心とやらを持っているからだな」

だったら、それが欲しい。

夕暮丸がぐる、と喉《のど》の奥を鳴らしたのを、指月は聞いた。

人間らしくか、と指月は肩をすくめた。それをお前が言うのかと指月は思う。

貴族の家に生まれた姫は、あまり他人に顔を見せないものだという。御簾や几帳、扇《おうぎ》の後ろに隠れているものだ。

あれだけ調度品を整えてやっているのに、夕暮丸は扇の類を雨藤には渡さない。御簾もなく、几帳はいつも脇に避けられているばかりだ。

雨藤には、そうはしないのかと夕暮丸に問うたことがある。

その時に夕暮丸は言ったのだ。

——必要ないだろう。だっておれは、雨藤の顔を見たいんだ。

結局緊張してろくに目も合わせられないくせに、と思ってその時は笑ってやったが、あれは夕暮丸の執着の証《あかし》だ。

結局のところ、あれが夕暮丸の——指月たちのようなものの本質だ。

自分本位で欲しいものを欲しいと言う。己の手の内で囲ってしまいたい。己のいいようにしたい。

このまま取って喰ってしまいたい——。

夕暮丸の瞳に緋色が揺らめく。ぐるりと餓えたように喉が鳴った。

それをすべて押し殺して、夕暮丸は大仰にため息をついた。

「……よし、まずは、歌だな」

「歌？」

指月は思わずきょとん、と聞き返した。

「ああ。歌を詠んで返してもらう。季節の花なんかを添えるのもいいらしいんだ。そうして心とやらを通わせる」

指月は、ふんと鼻で笑った。

「ずいぶんまどろっこしいことをするんだな」

思わずそう言った指月に、夕暮丸が肩を震わせて笑った。

「だって人間はそうするんだろう。雨藤はたぶん、そういうのが好きだ」

夕暮丸のその瞳は、炎と同じ緋色をしている。

だがほんの一瞬——あたたかい夕暮れの色に見えることがあった。

「だからおれもそのようにする」

なあ指月、と夕暮丸がつぶやいた。

「おれは、雨藤だけが大切なんだ」

本能もなにもかもすべて呑み込んで、大切なもののために人のように装うと決めた山犬が笑った。


——その山犬は東山の山中で生まれた。この地がまだ京になるずっと前の話だ。

濃い茶の毛並みと榛《はしばみ》色の瞳を持ち、群れの中で一番体が大きかった。だれより鼻が利いたし、足も空を駆けるように速かった。

その山犬はやがて群れの長《おさ》になった。

その山犬は群れを愛していた。大切な家族で仲間だった。

ある時、山に大きな雷が落ちた。

乾燥していた木々を焦がし、折からの風にあおられて炎となって山をあっという間に呑み込んだ。

山犬の眼前が、すべてを焼き尽くす緋色に染まる。

どこにも逃げ場はなかった。

仲間の悲鳴が聞こえる。

山の緑が焼かれていく音、逃げ惑う仲間の声、ぱちぱちとはぜる炎の音。

焼けていく、おれの、大切な仲間が――。

息を吸うたびに炎が肺を焼いた。痛くて熱くてたまらなかったが、何より――仲間が焼けて死んでいくのを見て、胸の奥がひどく痛んだ。

山犬は灼熱《しやくねつ》に彩られた天を仰いで、一晩中吠え続けた。

気がつくと黒焦げの山中に、たった一匹でうずくまっていた。

水を求めて川を探し、その水面にうつった自分の姿を見た。

毛が炎に染まっている。榛色だった瞳は、炎をうつしたような緋色に染まっていた。

山犬は、仲間を焼いた炎をその腹の内に呑んで、そうして炎の獣になったのだ。

あの日の炎はまだ、夕暮丸を内から焦がし続けている。

それから数十年。炎の山犬は、東山でたった一人きりで生きてきた。

群れを持つつもりはなかった。あんな風に、何かを失う思いをするのはもういやだった。

一人きりになって数え切れないほどの冬の日。京の外れ、迷い込んだ邸で山犬はその藤を見つけた。

それはほとんど枯れ果てていて、次の春にもう花はつけないだろうと思った。

藤には小さな魂《たましい》が宿っていた。

その魂は、かすかな声で山犬に言った。


——あなたの色は、あたたかな夕暮れの色ですね。わたくしの大好きな色です。


その言葉は山犬の胸の内にすっと染み入って、燃えさかる炎に美しい色の名前をくれたのだ。

その藤はもともと内裏にあった藤の花で、でも今はこうして一人きりなのだと言った。

美しい内裏の話、人の営みの話をとりとめもなく話す藤に、山犬は興味を持った。

枯れ果てて動けず、空を眺めるだけの日々であるはずなのに。この藤は、これほど強く人に焦がれている。

この魂のかたちを、山犬はどうしても見てみたかった。

少しずつ力を注いだ。そして枯れた藤が瑞々しい緑を取り戻し、その春に淡い紫の花がこぼれるように咲いたころ。

黄金色に咲いた山吹の枝を持ち人の姿をとって、山犬は藤のもとを訪れた。

「お前に、見せたかったんだ」

だから姿を見せてくれ。

おれを見て──笑ってくれ。

初めて淡い紫の瞳と目が合って、その口元が薄く微笑《ほほえ》んでくれた時。

炎の山犬はあの炎の夜から、初めて満たされた気持ちになったのだ。

それから、山犬は夕暮丸と名乗るようになった。


夕暮丸は朽ちた邸の屋根の上で、握ったこぶしで、とん、と胸を叩いてみせた。

夕暮丸の瞳は、人を愛す雨藤を慈《いつく》しむような柔らかな光と、欲しいものを欲しいと手を伸ばす、人ならざるものの苛烈《かれつ》さを両方はらんでいる。

「雨藤のことを思うと、いつもここがあたたかくなる──これが、もしかすると心なのかもしれない」

指月は思わず己の胸を見下ろした。単衣の隙間から見えているそこに、とん、とこぶしを置いてみる。

心か、と指月は思う。

確かに、ここだ、と思った。

けれど自分のここには、柔らかさも美しさもない。

そんなまどろっこしくて柔らかくて危ないものなんて——己には必要ない。

そう思った瞬間、また胸の内がきゅう、と痛む。

とん、とんと何度もそこを叩いていると、ふいに目の前で夕暮丸が笑い出した。

「なんだ……」

「いや、あんたもかわいいところがあるんだと思って」

指月が眉間《みけん》に皺《しわ》を寄せたのがわかったのだろう。夕暮丸があわててきゅっと口をつぐんだ。やがて、ふと口元をほころばせる。

「でもあんたにも、きっとあるよ」

雨藤が愛おしいというものが、そうして夕暮丸が手に入れかけているものと、同じものが自分にもあるのだろうか。

「……おれはいらない」

それは指月たちのようなものには、必要ないものだから。

それを聞いた夕暮丸は、何も言わずに黙って空を見つめていた。

とろりととろけるような夕日が、山の端を焼いていく。

いつか、と夕暮丸がつぶやいた。

「雨藤があの場所から動けるようになったら、あんたの棲み家に連れていく」

蓮の花が咲き乱れるその中で、夕暮丸は雨藤の手を引いてやるのさえ、緊張するなどと言ってためらうだろう。

それを想像して、指月は思わず笑ってしまった。

あの静寂の中で、夕暮丸はきっとまたうるさく喋《しゃべ》るのだろうし、雨藤はころころと笑うのだろう。

それを肴《さかな》に呑む酒は、悪くなさそうだった。

「――……夏。月の夜をこえた、暁がいい」

指月は、ぽつりとそう言った。

西に薄月を残したその暁、蓮はいっせいに花開くだろう。

そのころには、夕暮丸も指月も歌の一つくらい詠めるようになっているかもしれないし、管弦を学んでみるのも面白い。

きっとそれは、悪くない暁になると思うのだ。


——その女は美しい娘だった。

父親は内裏に仕える殿上人、母親は後宮の女御に仕えた女房だったが、参内していた父に見初《みそ》められて北の方となった。

母譲りのふっくらとした白い頬に、薄い眉。両親がことあるごとに仕立ててくれる袿の数々。そして何より丹念に手入れを施した艶やかな黒髪は、彼女の自慢だった。

父からは歌の才を得た。

内裏に勤めている父は、娘に貴重な書をたくさん見せてくれた。文字を読むのは嫌いではなかったから、彼女は与えられた書から美しい歌を詠むようになった。

美しい娘がいるという噂は、やがて内裏に参内する貴族の男たちの知るところとなった。

やがて一人の男が彼女のもとに忍ぶようになった。

幾度か男と逢瀬《おうせ》を重ねるうちに、彼女はその男に惹《ひ》かれていった。

男は彼女の歌も、香も、美しい黒髪も、母譲りの顔もみな褒めてくれた。いつだって男は、彼女に幸福を運んでくれたのだ。

その男に妻がいることを彼女は知っていた。貴族の男であれば珍しいことでもない。

別に構わない。男はいつも間を空けずに、彼女のもとへ通ってくれていたから。

彼に愛されているのは、わたくしだけだと思った。

来る日も来る日も、髪を梳《す》き、香を練り、おしろいを塗って彼が訪れるのを待ち続けた。

逢瀬の翌朝は幸せに満ち、男がやってくるのに間が空くと、途端にひどく不安になった。

彼女の中は、その男のことばかりで満たされていた。

だが次第に男が彼女のもとに通う日は減っていった。内裏での勤めが忙しいと、そうつぶやいていた。

その男は内裏の出世頭、このほど左大臣に任じられた男だった。

邸の女房たちの口さがない噂が、彼女の耳に入った。

曰《いわ》く——わが君は飽きられたのだと。

そんなはずがない。毎日梳った髪はこんなに艶めいて美しく、歌も内裏の女御たちに負けぬほどに雅《みやび》やかであるはずだ。

けれど殿は来ない。今日も来ない。

どうしてわたしのもとに通ってくださらないのだろう。

どうして、どうして、どうして——……。

毎日、毎日彼を待った。

春も夏も秋も冬も。何年も――何年も。

あの男の娘が今上帝へ入内した。やがて子を産んで彼の権力の土台となるだろう。内裏の後宮、藤壺に住んでいるそうだ。

やがて彼女は床に臥せるようになった。内裏から聞こえてくる華やかな噂話は、どれも彼女の耳には毒だった。

この世はまさに――あの男のものになりつつある。

それなのにわたしはどうだろうか。

水にうつるその顔は老い、臥せっているせいか髪は艶を失っている。歌など、前にいつ詠んだかもう忘れてしまった。

……男もきっと、わたしのことを忘れている。

そう思うと、胸が押しつぶされそうだった。

さびしい。かなしい。

伏せて嘆いてまた時を経て、ある夜の夢に男の姿を見た。行ったこともない男の邸や内裏をさまよって、かつての愛おしい人を探す夢だ。その夢はいく晩か続いた。

時折、ふと男の顔が見えることがあって、それだけでうれしくてたまらなかった。

だがそれもかなわなくなった。

男の邸にも内裏にも何か薄い壁のようなものがあって、その先に入ることができないのだ。

男を探してあちこち彷徨《さまよ》ったけれど、邸から出歩かなくなったのか、見つからない。

そうして女はまた一人になった。

夢では弱いのかもしれない。もっと強い力で男のもとに行くことはできないだろうか。それればかり考えるようになった。

そういえば、そういうまじないがあったと、彼女はふと思い出した。父にたくさん与えられた書の中だ。

ふらりと起き上がってその書を探しているうちに、父が話しているのを聞いた。

内裏の後宮、藤壺と呼ばれる飛香舎で宴を開くそうだ。そこには公卿も殿上人もみなそろう。

藤壺といえば、と言ったのは、女房の一人だった。

六条の朽ちた邸に美しい藤の花が咲いているそうだ。それはかつて、内裏の藤壺から一房分け与えられたものだ、と。

——ああ、これでそろったのだと。彼女はそう思った。

書に載っていた通り、小さな人型の板に墨《すみ》でびっしり文字を書いた。それを携《たずさ》えて、その夜彼女は、そうっと邸を抜け出したのだ。

この身体《からだ》などどうなってもいい。夢ではなく魂ごと愛《いと》しい男に逢いに行くのだ、と。

3

夏の気配がすっかり濃くなり、藤の盛りはとうに過ぎた。

内裏では宴が行われている。藤壺に住む女御の采配《さいはい》で、美味い酒も唐菓子もふんだんに振る舞われていた。

例のごとく、指月はその宴に入り込んでいた。

庭の藤は盛りを過ぎほとんど散ってしまい、瑞々しい若葉の藤にぽつ、ぽつと最後の花が残っている様は、季節の揺らぎを感じることができてこれもまた酒が美味い。

几帳や扇越しにかけられる女房たちの声におざなりに返答していた指月は、突然やってきた束帯姿の「たそかれ殿」に、さっさと宴から連れ出された。

「――件《くだん》の鬼の女に会いに行こうと思う」

内裏の中心部、紫宸殿《ししんでん》の屋根の上で指月は眉を寄せた。

指月は堅苦しい格好からさっさと単衣に戻り、夕暮丸も柳色の狩衣になっている。二人とも髪と瞳の色も本来のものに戻っていた。

「鬼の騒動で、しばらく邸に籠もっていた左大臣が、今日は宴のために参内しているだろう」

「……だから」

だから、と夕暮丸が焦《じ》れたように続けた。

「鬼の女は左大臣を探して京を彷徨っている。だが邸もこの内裏も、陰陽師とやらが結界を張っていて入ることができない」

なるほど、と指月はつぶやいた。

「道中か」

邸から内裏までの間であれば、鬼も現れるのではないかということだ。

夕暮丸は眼下を見下ろした。内裏は帝の御所である。

執務や儀式を行う巨大な紫宸殿、そこから廊で帝の住まいとなる清涼殿と繋がっている。その後ろには後宮が広がり、宴が行われている藤壺の庭には、夕暮れを迎えて篝火が入れられようとしていた。

宴のために格子が上げられ、簀子まで几帳が引き出されている。女たちは几帳の内側から、ほんの少しばかり袿の襲と艶やかな黒髪を見せていた。

廂の奥、母屋《もや》には女御やその父である左大臣が座す場所があるはずだった。

指月は傍らの夕暮丸を見上げた。

「突然、鬼退治などと言い始めたのは、どういうわけだ」

夕暮丸がむう、と腕を組んだ。

「……雨藤が、鬼の女がかわいそうだと言うんだ」

あれから雨藤は、鬼の女のことをことさら気にしているようだった。そしてとうとう夕暮丸に頼み込んだらしい。

「元に戻せるようなら、助けてやってほしいと頼まれた」

雨藤にとっては、体を抜けてさまよい歩くような鬼の女も、愛おしい人の内に入ってしまうのだろう。

それとも——来ない人を待ち続けるその境遇を、自分と重ねているのかもしれなかった。

ふん、と指月が鼻で笑う。

「それで断れなかったと」

縄張りだとか囲っているだとか笑わせる。

「お前、いずれ雨藤にいいようにあしらわれそうだな」

「うるさいな」

夕暮丸がむっとした顔を見せて、やがてどこか遠くの愛おしいものを見るように、口元に笑みを浮かべた。

「おれは、雨藤が笑ってくれればそれでいいんだ」


──夜も更けて、宴の雰囲気もずいぶん緩んできた頃合いだった。

ふ、と突然あたりが暗くなった。煌々と焚かれていた篝火がふいに消えたのだ。風のない夜に、まるでだれかに吹き消されたかのようだった。

内裏は闇に沈んでいる。月のない夜だが、指月も夕暮丸も星明かりがあれば十分だった。

あわてた女房や武官たちが、夜目の利かないまま、あちこち駆け回っては何かにつまずいたり蹴《け》り倒したりする音が聞こえた。

その時。どろり、と内裏の中に、何かがあふれ出る気配がした。

「──鬼じゃ、鬼が出た！」

甲高い女の悲鳴が、そう叫んでいるのが聞こえた。指月はじろりと夕暮丸を見やった。

「……内裏には出ないんじゃなかったのか」

「おれが知るか。陰陽師に聞いてくれ」

夕暮丸が立ち上がった。

「飛香舎だ」

紫宸殿から清涼殿の屋根に飛び移って、その上を音もなく駆けていく。指月は瞬き一つでその後を追った。

それとほとんど同時に清涼殿に続く廊を、松明《たいまつ》を手にした二人の武官に付き添われた男が、足早に通り過ぎていくのが見えた。

公卿や殿上人の纏う宿直《とのい》装束《しょうぞく》ではなく白色の直衣だ。身は小さく細く枯れた枝のような老人だった。

指月は足を止めて、つい、と目を細めた。

あれが左大臣が信頼しているという陰陽師だろうか。その身の内に強い気配が見える。人ではないものをいくつか飼っているようだった。

己にはあまり関係がないが、夕暮丸あたりは危ないかもしれない。

「おい、山犬――」

気をつけろ、と指月が前を駆ける夕暮丸に声をかけた瞬間だった。

ふいに知った香りがして指月は足を止めた。清涼殿の屋根の上、見下ろすと飛香舎の壺庭が見える。

あふれ出す気配は黒く凝《こご》り、ひどく気味が悪い。人の感情を煮詰めて凝らせたようだ。あれは男を探して彷徨う淡い夢の女などではない。その魂からひどく穢《けが》されているように思えた。

視線の先で夕暮丸が足を止めた。こちらを振り返る。

「指月、どうした？」

「……どうして内裏に鬼が出るんだ」

あの陰陽師が結界とやらを張ったのであれば、きっと外からは入ってこられないだろう。それほどの力だと指月にはわかる。

だからこそ不思議だった。鬼はどこを通ってきたのだろうか。

見下ろした壺庭は、凝った感情の気配で溢れていた。闇に混じって黒く塗りつぶされたその先に花の散った藤がある。

ひどく清廉《せいれん》な、藤の花の香りが混じっていた。

そうか、と指月は思った。

かつてこの内裏に参内していた貴族は、この藤壺の藤を一房賜ったという。その藤を己の邸の壺庭に植えた。

――それは唯一、内裏と外を繋ぐ通路になったのではないか。

「山犬！」

指月が叫んだ時には、夕暮丸はすでに飛香舎の壺庭に飛び降りている。

指月が後を追って飛び降りると、飛香舎にはすでにだれの姿もなかった。

あわてて逃げ出したのだろう、几帳も屏風も倒され酒杯があちこちに転がっている。

ざり、と音がした。

指月が見やった先、そこには壺庭の白砂を裸足《はだし》で踏む女の姿があった。

ところどころ黒い靄《もや》で覆われている。それは確かに、鬼であった。

そして、指月が見知っているものでもある。

「――雨藤」

夕暮丸が、呆然《ぼうぜん》とつぶやいた。

艶のある長い髪は見る影もなく、あちこち縮れて倍ほどに膨らんでいる。白い肌は生気がない。

単衣に見えた衣は、肩から重ねられた袿がずるりと滑り落ちているせいだ。

靄のようなもので覆われていると思ったが、それはよく見ると小さな文字であった。黒い墨書きの文字がびっしりと体中に浮かんでいる。それがさざめくように動いているから、靄に見えたのだ。

白くほっそりとした指先は、爪が鋭く伸びている。その手が何かを探るようにあたりをゆらゆらとかいている。だれかを探しているのだとそう思った。

むせかえるような、哀しみの気配がする。

それは藤の香りを呑み込んで、塗りつぶそうとしている。儚げながらも好奇心旺盛《おうせい》で輝いていた彼女の姿は、もう感じられなかった。

今まで夢を彷徨うばかりだった女の魂が、雨藤を呑み込んで鬼になったのだ。

そしてそれはもうもとには戻らないだろうと。指月にもそれだけがわかった。

「——おい、雨藤！」

夕暮丸が雨藤の肩をつかむ。溌剌《はつらつ》と輝いていた薄紫の瞳は、今は何もうつしていない。

——逢いにきて、逢いにきて、逢いにきて、逢いに……。

その口から零《こぼ》れ落ちるのは、別の女の声だった。

がらがらとした声が、肺の中から恨みと哀しみを吐き出している。

夕暮丸が息を詰めた瞬間だった。

「——鬼か！」

そう叫んで壺庭に飛び込んできたのは、弓と太刀《たち》を携えた二人の武官だ。その傍らには件の老いた陰陽師が、年寄りらしからぬ鋭い瞳でこちらを睨みつけていた。

「他にも何かいる、鬼の仲間か」

なるほど、力があるというのは本当らしい。陰陽師には、指月や夕暮丸の姿も見えているようだった。その視線は気配の中心に向いているように見えた。

陰陽師が手で何か形作っている。口元はぶつぶつと何事かを唱えていた。

ひとまず雨藤を祓うつもりだ。

振り返った先、夕暮丸はただ雨藤の両肩に手をかけて、その名を呼び続けている。

指月は小さく舌打ちすると、その手を跳ね上げた。

壺庭の遣り水から跳ね上がった水滴が、雨のように降り注ぐ。武官たちが陰陽師をかばって打ち倒されたのが視界の端に見えた。

「おい山犬――」

そうして、何を言うべきなのか一瞬わからなくなった。

諦めろ、か。引くぞ、なのか。それはもう、雨藤ではない、なのか。

迷っている間に、陰陽師が懐《ふところ》から何かを形取った紙を取り出したのが見えた。それは瞬くまに姿を変える。

一つは炎の鳥。一つは真白の虎《とら》だった。

なるほど、身の内に飼っていたのはこれか。

ひとまず、と指月は夕暮丸の肩をつかんだ。

「指月、雨藤が……雨藤、雨藤！」

慟哭《どうこく》のようなそれに眉を寄せながら、指月はつかんだ肩を揺さぶった。

「それを連れていくぞ。それから──」

それからどうなるかはわからない。

だがここに置いておけば、まちがいなくこの陰陽師たちに祓われてしまう。

老いた陰陽師が、皺《しわ》だらけの指を別の形に組む。目を離した瞬間、虎の形をしたもの、鳥の形をしたものが夕暮丸と、そして指月に飛びかかってきた。

指月は舌打ちして、その黄金色の瞳を輝かせた。

月のない宵に、硬質の輝きを持つ月光がきらめく。

──いくら人が力を持とうとも、結局それは指月にとって何の意味も持たない。

指月は京の水を統《す》べる龍神だ。

跳ね上げた指先に従って、遣り水がどう、と二匹の獣を貫《つらぬ》いた。

その瞬間、獣は白い煙を上げて二枚の紙に戻る。

「行くぞ」

夕暮丸が息を呑んで、ようようなずいた時だった。


──夕暮丸。


まつむしの声に似た、かすかな声だった。

雨藤の声だ。

抱え上げようとする夕暮丸を、雨藤のひび割れた白い手が、拒んでいるように見えた。

「……雨藤」

──とても、さびしかったのです。

墨書きの文字に覆われて見る影もなくなった、自分の体を抱きしめるように雨藤がつぶやく。

その言葉はやがて静かに、雨藤の口からこぼれ始めた。

「わたくしも、あなたも」

雨藤の淡い紫色の瞳に、ほんのりと光が浮かんでいる。

それは己の内にいる鬼の女に、語りかけているようでもあった。

ともに、行こう、と。

「だめだ、雨藤」

夕暮丸が首を横に振る。

「きっと哀しくてさびしいのです」

雨藤の内には鬼の女がいる。たぶん、もう戻ることはできない。

このままでは——雨藤を滅ぼすのは夕暮丸になるはずだと。雨藤自身も気がついているのだろう。

だったらそうさせてやれと、指月は思う。

だがきっと、雨藤はそれを良しとしないだろうということも、指月はわかった。

雨藤は周りをくるりと見回す。

そこには武官の持ってきた明かりにぼんやりと照らされた、藤壺がある。

それは確かに、雨藤が憧れた内裏だった。

「うれしいのです、夕暮丸。ずっと憧れていたここに来ることができて」

それに、と夕暮丸の緋色の瞳と、指月の黄金の瞳を交互に見つめて、悪戯《いたずら》っぽく笑った。

「藤壺の夕暮れと宵の月を、一緒に見ることができるなんて——なんて贅沢《ぜいたく》」

夕暮丸の頬をその白い指でそうっとなぞった。

そうして微笑んだ。

それが最後だった。

夕暮丸が硬直している間に、陰陽師の声が割り込んだ。

「還《かえ》れ――……」

バチっとあっけないほどの小さな火花が散る。

その瞬間、引きずっていた衣ともども、雨藤の姿がかき消えた。

ぱさりといっそ軽いほどの音がして、地面に落ちたのは一房の藤の花だ。淡い紫色だったはずのそれは、今は黒く染まっていた。

藤壺の藤が細い煙を上げる。

緑の葉は茶に変わり、かさかさと音を立てて、二、三度風にあおられたかと思うと、まるで冬の始まりのように、白砂の庭にからからと音を立てて崩れ落ちた。

雨藤のあの柔らかく瑞々しい藤の香りが、風に吹き散らされて消えていった。

息を呑むような、一瞬の静寂の後。

指月の真横で炎の気配がはじけた。腹の底から響く咆哮が天を衝《つ》く。


――雨藤！

夕暮丸だ。

瞬き一つで、人の身より巨大な山犬に姿を変える。

毛の一本一本が炎のように緋色に揺らめいている。瞳の奥にも、そしてぐわりと開いた大きな口の奥にも、未だ消えない炎が燃えているのが見えた。

篝火より明るく、夕暮丸の炎が藤壺を照らした。

牙を剝《む》きだし、唸《うな》る口から、かつて喰った炎があふれ出しそうになっている。

傍にいるだけで肌が灼熱に炙《あぶ》られる。

立ち上がった武官たちが、夕暮丸を見て引きつった悲鳴を上げたのが聞こえた。

陰陽師が焦った声で叫ぶ。

「藤の花を――！」

「やめておけ」

指月はつぶやくように言った。

それに触れないでやってくれ、と思う。

陰陽師の指示に従った武官の一人が、太刀を抜きはなって白砂を駆ける。奇妙な光を帯びているから、何か術がかかっているのかもしれなかった。

白刃《はくじん》が藤の花に迫る寸前。

夕暮丸の前足が割り込んだ。

どうっと音を立てて右の前足が跳ね飛ばされていく。血は一滴もこぼれなかったが、代わりに炎が噴き出した。

山犬は炎の瞳で、地面に落ちた藤の花を見つめた。

そうして陰陽師を、内裏を見回して、ぐるりと喉を鳴らせる。

食いしばった鋭い牙の隙間から、絶え間なく緋色の炎が噴き出している。

内裏を焦がすつもりかと思ったが、夕暮丸は何かをこらえるようにぐう、とうつむいた。

ああ、こいつは獣と人の狭間であらがっている。

本能のままに京を焼き尽くすか――胸の内にある柔らかい心を抱いて生きるか。

今、その狭間にいるのだと思った。


――あめふじ、あめふじ、雨藤……！　雨藤！


咆哮に混ざって、夕暮丸の声が聞こえる。

指月は、その背を押すようにそっとつぶやいた。

「──行け」

夕暮丸が空に向かって吠える。

長い長い慟哭のような遠吠えの後。黒く染まった藤の花をくわえて、白砂の庭を蹴った。

炎の獣が京の空を駆けていく。

血の代わりに体中から零れ落ちる炎は、まるで流れ星が空から降り注ぐように見えた。

それを見送って、指月は庭の端にたたずむものを見やった。

老年の陰陽師が静かな瞳でこちらを見つめている。

「主は何者か」

指月は少し迷って、答えた。

「──……巨椋の入り江に棲むものだ」

ひと目で人とは違うものだとわかったのだろう。単衣の裾を風に遊ばせて、肩までつくほどの髪は銀色に輝いている。

瞳は黄金。

今宵は上るはずのない、月の色だった。

指月は枯れた藤壺の藤の花を振り返った。

「あの藤は、お前の力で元に戻るのか?」

陰陽師は、残酷《ざんこく》なほどにきっぱりと首を横に振った。

「あの藤は呪詛を運んだ。芯まで鬼に喰われておる」

そうか、と指月はつぶやいた。

「では、あの藤と山犬をそっとしておいてやってくれ」

指月は夕暮丸が消えていった空の向こうを見やる。耳の奥であの悲しげな咆哮が響き続けている。

胸の奥が痛い。

痛くて苦しくて、たまらなかった。

「あれは、あいつのものなんだ」

そうして指月は、瞬き一つで姿を消した。


——暁が訪れる。

京の中心、宮城のさらに中央に位置する紫宸殿の屋根の上で、指月はぼんやりと眼下を見下ろしていた。

内裏の中はひどく騒がしかった。

無理もない。藤壺の庭は半分ほどが焼け、鬼が出た、いや炎の獣だと武官や陰陽師たちがばたばたと行き交っている。

恐ろしいものに行き会ったからと、女御や女房たちが一度里に下がるために、内裏の通りを牛車が進んでいくのも見えた。

いくつか漏《も》れ聞こえてきた話から、六条の朽ちた邸で女が一人死んでいたと聞いた。それはかつて、左大臣が通っていた女だったそうだ。

指月は時を忘れるように、夕暮れまでそこにいた。

遠く東山に目を向ける。

耳の奥で獣の慟哭を聞いた気がしたが、指月は聞こえないふりをするように、目を背けた。

あの獣はしばらく戻ってこないだろう。あの藤の花を抱えて、静かに生きるのかもしれない。

ここに、と握ったこぶしでとん、と胸を叩いてみる。

いつもうつろがある。

時々わずかに痛んでは、指月をじくじくと苛《さいな》んでいる。

その正体を指月はずっと探している。

閑話 一

——吹雪《ふぶき》はますますその勢いを強めている。

自分が、今にも泣きそうな顔をしているのに、ひろは気がついていた。

「千年も前の話だ。ひろがそんな顔をすることはない」

シロのその瞳は月と同じ金色に輝いている。それがひろを見つめる時だけ、いつも蜂蜜《はちみつ》を煮溶かしたように、甘くとろりととろけるのだ。

「……それでも、哀《かな》しい」

それがたとえ千年前のことだとしても、シロはその胸の痛みまでをしっかりと覚えているのだから。

ほろりと一つ涙をこぼしたひろの髪を、シロの大きな手がくしゃりとかきまぜた。

「ひろ、熱い茶が飲みたい」

それはきっと、一息ついて落ち着いてこいということだった。

ひろは小さくうなずいて立ち上がった。シロはいつだって、こうしてひろに甘いのだ。

——ひろとシロの出会いは、ある夏のさなかだった。

水不足で断水が起きるほどの暑い夏、ひろは蓮見《はすみ》神社の境内《けいだい》で、小さな白蛇《しろへび》に出会った。今にも干からびそうなその白蛇に水を与えて、名前をつけた。

小学校二年生の、幼いころのひろだ。

それからシロは、ずっとひろの傍《そば》にいてくれている。

今のシロは出会った時よりずっと柔らかく、あたたかくなった。ひろが懸命に前に進んでいる間、シロもともにゆっくりと、自分と向き合っていたからだとひろは思う。

「──ひろ。湯沸いてる」

拓己《たくみ》の声がして、ひろははっと顔を上げた。ひろの背中から手を回した拓己が、薬缶《やかん》をかけたままのコンロの火を止めてくれる。

「ありがとう、拓己くん」

ひろは急須に黒豆茶のティーバッグを放り込んで、湯を注いだ。ふわりと香ばしいにおいが立ち上る。

蒸らす時間を計りながら、ひろは後ろを振り返った。

「そっちの棚に、おばあちゃんが置いてるお菓子があるはずなんだ」

拓己が一つうなずいて食器棚を開けてくれる。淡い水色の薄い箱には、金平糖《こんぺいとう》がまだ残っていたはずだった。

拓己が、ひろの頭をぽん、と軽く撫《な》でた。

「落ち着いたか？」

ひろはぐっと小さくうつむいた。

「うん。シロに、気を遣わせちゃったな」

だめだな、とひろはひとりごちた。

「今、哀しいのはシロなのに」

拓己がふ、と口の端で笑った。

「ひろはそれでええと思う。そうやって寄り添って、自分のことみたいに哀しんでくれるやつが、白蛇にはたぶん必要なんや」

だから、と拓己がぽつりと続けた。

「白蛇の話、聞いてやらんとな」

シロは人よりずっと長い間生きている。その長い時の中でたった一人、答えの出ない胸の内の痛みに向き合って生きてきた。

それでも今は違う。

シロはひろや拓己と出会って、ゆっくりと変化している。

そうして今、自分のことを話したがっている。話して、その先に何があるのかわからないけれど。せめて聞いて、シロの痛みを知る手伝いができればと思うのだ。

ひろの傍《そば》に、ずっといてくれたのはシロだ。

だからひろも、シロの手助けがしたい。

ひろは拓己の顔を見上げて、しっかりとうなずいた。

ひろは湯気の立つ黒豆茶を持って客間に戻った。シロに渡すと、うれしそうに顔をほころばせて受け取ってくれる。

「ひろがいれてくれたんだな」

「感謝して飲むんやな」

ひろの後ろから顔を出した拓己が、どうしてだかふん、と胸を張った。

「……なぜお前が偉そうなんだ」

シロがじろりと拓己を見やって、盆の上で浅い箱を開いた。中に雪の結晶のような金平糖がまだ少し残っているのを見て、ぱっと目を輝かせる。

「美しいな……！」

その白い指先が金平糖をつまみあげて、客間の明かりにかざした。小さい角が淡い白色に染まって、明かりをぼんやりと透かすのがとてもきれいなのだ。

それをじっと見つめているシロが、その黄金色の瞳をキラキラと輝かせているのがわかった。

シロは人の手で丁寧に作られたものがとても好きだ。

それは人の営《いとな》みそのものを愛しているということだとひろは思う。

ひろは自分も金平糖を一粒つまんだ。口の中でゆっくりと溶かすと、濃厚なミルクの味がする。冬限定のお楽しみだった。

「——だがいいのか、ひろ」

シロがぱっとひろの方を向いた。

「今日はひろが、跡取りに菓子をやる日なんだろう」

シロの言葉に、ひろは一瞬きょとん、とした。隣の拓己を見やると、どこか呆《あき》れたようにじっとりとこっちを見つめている。

「……まあひろのことやから、忘れてるやろうとは思た」

今日、と頭の中で繰り返して。ひろは自分の顔からざあっと血の気が引くのを感じた。

今日は、二月十四日である。

「バレンタインだ……」

「はい、正解」

拓己がむすっとした顔でそうつぶやく。

「なんで白蛇の方が詳しいんや。あんなん昔からある行事やないやろ」

「テレビで見た。チョコレートを贈る行事なんだろ。フランスという国にチョコレートの祭りがあって、この時期はデパートにその祭りのチョコレートが並ぶんだ」

本当にシロの方が詳しかった。ひろはがっくりと畳《たたみ》に両手をついた。

「……ご、ごめんなさい」

完全に忘れていた。いや、これでも一月の終わりぐらいまでは、ちゃんと覚えていたのだ。

だがそのあたりで、論文の執筆に使えそうな面白い本を見つけた。その本を読みふけったり、梅の花がそろそろほころびそうだ、などというニュースに喜んでいるうちに、バレンタインという言葉ともどもすっかりどこかに行ってしまった。

「今まで、バレンタインとか全然意識してこなかったから……」

そもそもこの彼氏と彼女という関係性に、ひろがこれまで馴染《なじ》みがなさすぎたのだ。

ひろはあわてて顔を上げた。

「ちゃんと買ってく……いや作る！」

「作る!?　ひろが!?」

拓己が目を見開いた。

「……やめといた方がええんとちがうか？」

ひろが生来不器用であることは、拓己もよく知っている。

だがバレンタインは恋人同士の行事として、世間一般でとても大切なことはひろも知っている。遅れたお詫《わ》びもかねて、ここは手作りで挑むべきだと思うのだ。

「わたしだって、実里《みさと》さんのお手伝いしてるから、そろそろできると思う」

高校生のころに比べれば、皿も割らなくなったし手も切らなくなった。料理だって実里に教わってだいぶ上手になったのだ。だが拓己はそれでもまだ半信半疑といった風だった。

「いや、別に無理して作らんでも……」

拓己の言葉に、ぐっと胸が塞がれたような気持ちになる。

「……やっぱり遅れたら、チョコレート、いらない？」

いつだってひろは不安なのだ。

クリスマスもバレンタインもちゃんとできない。手を繋《つな》ぐだけで緊張する。拓己の恋人として、どう振る舞っていいかまだわかっていない。

かわいげはそんなにないし、では大人の色気が備わっているかといえば、それも否《いな》だ。

わたしには何があるのだろうか。

それでもひどく厚かましいことに、嫌われたくないと思う。

拓己は高校生のころ、憧れの先輩という地位を確立していた。大学生になってもそうだった。今は酒造の若手の跡取りとして、注目されているのも知っている。

きっと拓己にふさわしい人は他にたくさんいて、ひろがそこに収まっているのは、奇跡に近いことなのだと思う。

だけど絶対に手放せないから。

ひろはここで、拓己の隣で、一生懸命にあがいている。

「……いる」

そうぽつりと聞こえて、ひろは恐る恐る顔を上げた。拓己が座布団の上にあぐらをかいて、すい、と不自然に視線を逸《そ》らしている。

「春になっても夏になってもええ。焦《こ》げても溶けてもひどい味になってもええから……ひろの作ったチョコレートが欲しい」

やっぱり拓己は、ひろに甘い。

「そんなひどい味にはならないよ」

ひろは照れ隠しにそうつぶやいておいた。

シロが肺の底から吐き出すような、深いため息をついた。

「……お前たちは、本当によく似ているな」

ひろと拓己はそろって顔を上げた。

──夕暮丸《ゆうぐれまる》と雨藤《あめふじ》もそうだった。

シロは雪色の金平糖を口の中でからからと転がした。それはとろりと甘く、まるで目の前の二人を見ているようだ。

ひろも拓己も──雨藤と夕暮丸も。

ひろの持つ、柔らかなのに凜《りん》とした雰囲気も、弱いものであるがゆえに弱いものに手を差し伸べてしまう優しさも、雨藤によく似ている。

跡取りの、大切なものがはっきりとしていて、手を伸ばしたいのにためらってしまう理性と本能の間でせめぎ合う感情も。あの山犬ととてもよく似ている。

互いに互いが大切であると溢《あふ》れそうなほどにわかるのに。

本人たちは相手の気持ちを推し量って、ゆっくりと近づいたり遠ざかったりしながら、やがてその指先をそうっと触れあわせて幸せそうに笑うのだ。

夕暮丸はあの時、こういう人の営みが欲しかったのだろうと、今ならわかる。

その不器用な愛《いと》おしさも──指月《しげつ》ではない、今のシロにならわかるのだ。

シロは自分の膝《ひざ》の上にずっと広げられていた、その浮世絵に指先をすべらせた。

「この絵は、雨藤と夕暮丸の絵だ」

空から雨のように降り注ぐ藤《ふじ》の花と、屍《しかばね》の上で吠《ほ》える炎の獣《けもの》だ。
雪はしばらくやみそうにない。

——指月がその町絵師に出会ったのは、夕暮丸と初めて会ったころよりずっと先。
政《まつりごと》の中心が、京から江戸と呼ばれる東の地に替わった後だ。

二
孤独の絵師と鵺退治

1

初夏の朝、山の端《は》を緋《ひ》色に焦《こ》がすように日が昇る。

いつか見た夕暮れに、よく似た暁《あかつき》だった。

指月《しげつ》の棲《す》み家は青々とした蓮《はす》の葉が、水面《みなも》からゆったりとその身を空に伸ばし始めていた。もうしばらくするとここは、美しい蓮の池に変わる。

日の光を透かす美しい白色、燃える炎のような紅《あか》、愛らしい桃色と色とりどりの蓮が、ときに人の背より高く伸びる。

その己の棲み家の美しい光景を、指月はだれより慈《いつく》しんでいた。

指月が人の姿で水面に立つと、ゆったりと波紋が広がって、やがてしん、と静まる。風はやみ、時がふいに止まったかのようだった。

そんな時、大池の水面は美しい水鏡になる。

灼熱《しゃくねつ》の暁をうつして、いまその水鏡は緋色に染まっていた。

この色を見つめていると、時々思い出すことがある。東山《ひがしやま》に棲む一匹の獣《けもの》のことだ。

緋色の瞳と毛並みを持った山犬だった。

あれからおおよそ八百年か。

指月は相変わらず、この大池の底で眠り込んでいるか、気まぐれに川を溢《あふ》れさせているか、気が向くとふらりと人の姿で京《みやこ》の人々に交じっている。

だがあれ以来——緋色の山犬が藤《ふじ》の一房をくわえて消えていった後、夕暮丸《ゆうぐれまる》と市中で行き会ったことはなかった。

暁の緋色はゆっくりと色を失い、空を橙《だいだい》色や山吹《やまぶき》色に染め変えていく。もう少しすれば、すっかり晴れた青に変わってしまうだろう。

指月は小さく嘆息して、懐《ふところ》から一枚の絵を取り出した。

数百年前の記憶をふいに思い出したのは、緋色の夕暮れに似た暁のためだけではない。この鮮やかな錦絵《にしきえ》のせいでもあった。

それは浮世絵の類《たぐい》で、何色にも分けられた色版を重ねた摺物《すりもの》、版画だ。その中でも、芝居の役者や場面を描いた、役者絵と呼ばれるものだった。

京の四条通《しじょうどおり》、北側で興業される芝居、『鵺《ぬえ》退治　宵月弓《よいづきのゆみ》』の錦絵である。

その絵は、宵の月中に化け物と戦う武者の姿だった。

上は黒を塗り込めるように墨《すみ》で摺《す》られた宵、その内にぽかりと白色で満月が抜かれている。そこからほのかに淡く灯《とも》る月光が、外隈《そとぐま》で青く彩られていた。

武者は太く濃い眉に目を赤く縁取られ、きりりと前を見据えている。笹紋様の衣に烏帽子《えぼし》をかぶり、その手で大きな弓を引き絞っていた。橘《たちばな》の某《なにがし》という役者の名前が入れられている。

その武者の睨《にら》みつける先。

一匹の獣が月から抜け出したかのように躍《おど》っていた。

鵺という生き物を指月も知っている。かつて京に現れたという化け物だ。胴体は狸《たぬき》、顔は猿、手足はごつごつと太く模様の入った虎《とら》、尾はぬらりと太く長い蛇《へび》だそうだ。

この獣はその鵺とは幾分違う。

確かに顔は猿、尾にはぞろりと長い蛇が赤い舌をひらめかせている。

だが毛並みは炎が燃えるように緋色に揺らめき、その太い虎の四肢《しし》のうち、右の前足だけがなかった。

……あの時切られた足だと、指月は思った。

その炎のような緋色の毛並みを持つ隻腕《せきわん》の獣の名を、指月は一つしか知らない。

夕暮丸。東山に棲む炎の山犬の名だ。

この化け物はまちがいなく夕暮丸だ。そして不思議なことに、それを証明するかのように、その絵からはひどく久しく感じる、あの獣の気配がわずかに残っているような気がした。

東山の山中、鬱蒼《うっそう》と茂る木々の隙間《すきま》から、指月は空を見上げた。

初夏の木々は目一杯に枝葉を広げ、それが夜闇《よやみ》に染まり影となって、差し入る月光を切り取っているようだった。

風がざわりと木々の葉を揺らす。むせかえるような濃い草の香りが、すっと吹き散らされていくようだった。

——ここ最近、京の町を騒がせているのは『緋色の鵺』だった。

四条北側芝居『鵺退治　宵月弓』の錦絵に描かれた、件《くだん》の鵺だ。

藤の花が開き始めるころ、その噂《うわさ》は囁《ささや》かれ始めた。

芝居の化け物として描かれているはずのこの鵺がどうやら本当にいて、藤の花を求めて夜な夜な京へ降りてくる。祇園《ぎおん》に出た鵺を退治した者がいるという話すら聞いた。

指月は無意識に舌打ちをこぼしていた。

ここに描かれた鵺は、どういうわけか夕暮丸に似ている。藤を求めて降りてくるというのも、ずいぶんそれらしい。

「……あの馬鹿が」

指月は無意識に、絵をしまいこんだ懐をぐっと握りしめた。

あれほど雨藤が愛《いと》おしいと言った人の心に焦《こ》がれておいて、まさか人を襲う妙な獣にでもなったのではないだろうな、と。

ふいに薄い壁を通り抜けたような気がした。ぴり、とうなじが緊張する。何かにじっと見られているような、そういう緊張感だった。

獣の縄張《なわば》りのそれだと、指月は思った。

ぽかりと視界が開けた。

そこは木々に囲まれた小さな場所だった。京の町が眼下に広がり、その先には西山《にしやま》が宵の月に照らされている。空が広く見える場所だった。

真ん中のしっとりと柔らかな土の上に、朽ちた松の木が、そしてそれに巻き付くように、藤が咲いていた。細くしなやかな枝が柔らかくたわみ、薄紫色の花が雨を降らすかのように、満開に咲きしだれている。

指月は、思わず息を呑《の》んだ。

「……生きていたのか」

その藤の花を指月は知っている。

かつてあの山犬が愛おしんで、そしてあの夜に黒く穢《けが》れたはずの藤の花だった。

静寂を裂くように、その声が聞こえた。

「──何年ぶりだ」

その声を聞いた途端、指月は思わず深い息をついた。

燃えるような緋色の夕暮れの日、時々思い出していたその声だ。力強く明るく、それでいて人をからかうような声音《こわね》をしている。

「おれにとっては、わずかな時だ」

指月がそう答えると、闇の中で何かが笑った気配がした。

藤の根元で、ぞろりと何かがうごめいた。

ゆったりと身を持ち上げ闇の中から姿を現したのは、緋色の山犬だ。同じ色をした瞳が、うれしそうにきゅう、と細くなった。

「おれにとっては、それなりに長い時だったよ。久しいな、指月」

その山犬の姿を見て、指月はどこかでほっとしていた。

炎のような緋色の毛並みも、同じ色の瞳も、あの絵のような化け物にはなっていない。

ああ、変わらないと、そう思った。

瞬《まばた》き一つで、山犬は人の姿に変わった。

緋色の髪とややつり目がちな同じ色の瞳。あの時はいつも狩衣《かりぎぬ》を纏っていたが、人に交じる必要がないからか、時が移り変わったからか、今は黒の小袖《こそで》をさらりと着流していた。右袖《そで》は肩からだらりと垂れ下がっている。あの時切られた右腕はそこにはないのだとわかった。

「それは雨藤《あめふじ》か」

指月は、夕暮丸の体に雨のように降りかかる美しい藤の花を見つめて、そう問うた。あの日最後に見た、黒々とした悪意の気配はすっかりとりはらわれている。

夕暮丸がうなずいて、その緋色の瞳をついと細めた。

「あれから、おれと雨藤はずっとここにいる」

藤には色濃く夕暮丸の気配が滲《にじ》んでいた。夕暮丸にも藤の香が染み込んでいる。

あの時その身を鬼にした雨藤は、花の一房を残して消えてしまった。その最後の花に力を注いで穢れを祓《はら》って、夕暮丸は大切にここまで咲かせ続けてきたのだろう。

「今はまだ、花を咲かせるので精一杯だ。でもいつか、また人の姿で笑ってくれるはずなんだ——それまでおれがずっと傍《そば》にいる」

藤の花にはほんのわずか、雨藤のあの優しく淡い気配が残っている。それは魂《たましい》というべきものなのかもしれない。

だがどれだけ力を注いでも、意思を得て人の姿を取り戻すにはひどく儚《はかな》い。

藤の花としての生が残っているかすらあやしいもので、こうして満開のまま、枯れることもまたつぼみをつけることもないのだろう。

「おれは雨藤を、絶対に一人にしないんだ」

それをかりそめの命と呼ぶのか、愛おしさの証《あかし》と呼ぶのかは指月にはわからない。

「そうか」

だから指月はそれだけを言った。

夕暮丸が雨藤の儚さに気がついていないはずがなく、その上でこの山犬がそうと決めたのなら、口をだすことではないと思った。

欲しいものに手を伸ばし己の内に囲うのは、指月たちのようなものの本質だからだ。

夕暮丸の明るさと傍若無人《ぼうじゃくぶじん》とも言えるなれなれしさは、何百年経《た》っても少しも変わらなかった。

「酒を呑もう、指月。どこかから調達してくるか……」

夕暮丸がそう言うのを聞いて、指月は無言で手に携《たずさ》えていた酒の徳利《とつくり》を差し出した。夕暮丸が目を丸くして、悪戯《いたずら》っぽくにやりと笑う。

「なんだ、あんたおれと酒が呑みたかったのか」

「違う。酒もなしに、お前のつまらん話など聞いてられんからだ」

指月はむっと顔をしかめる。

「わざわざ酒を買ってまで、おれと話そうというわけだ。なるほど、巨椋《おぐら》の主どのも何百年かでずいぶんと丸くなったらしい」

「……帰る」

指月がむすりと背を向けると、夕暮丸がからからと笑って健在である左腕を指月の肩に回した。

「そう言うなよ——うれしいんだ、久々にあんたに会えて」

そうして本当にうれしそうに笑うものだから。指月は一つため息をついて、仕方がないな、という風を装ってうなずいたのだ。

酒の肴《さかな》に、指月と夕暮丸はこの何百年かの話を少しした。

京はいつでも争いの渦中にあった。焼けて火の海になり、あるいは天下人の手に委《ゆだ》ねられてあのころよりずいぶんと姿を変えている。

「たまに京に降りることもあるが、内裏もずいぶん東寄りになったんだな」

夕暮丸が盃《さかずき》に勝手に酒を注いでそう言った。

京の町はあのころよりずいぶんと東へと広がった。天下人たちがあちこち形を変えたこと、高瀬《たかせ》川を使った舟運《しゅううん》が本格化したこと、鴨《かも》川周辺が新地として整備されたことでかって以上の賑わいを見せている。

指月は盃から酒を呷《あお》って、夕暮丸と、それからもの言わぬ藤の花である雨藤をちらりと見やった。

やがて盃を置いて、指月は懐から件の錦絵を取り出した。

「最近、京で流行《はや》りの役者絵だそうだ」

『鵺退治　宵月弓』と描かれたその錦絵を見つめて、夕暮丸が目を丸くした。やがて困惑したように顔を上げる。

「これは……おれか？」

指月は肩をすくめてじろりと夕暮丸を見やった。

「緋色の毛並みといい、右腕がないことといい、絵師の想像とは思えん。お前、だれかに山犬の姿を見せたか？」

夕暮丸が考え込むように左手を顎《あご》にあてた。やがてああ、と顔を上げる。

「……あの男か」

去年の晩秋ごろだったと夕暮丸は言った。

夕暮丸の縄張りに男が一人迷い込んできた。何かの使いのさなかに誤って縄張りに入り込んでしまったという風であったから、山犬の姿で適当に脅して追い返した。

それか、と指月は呆《あき》れたように嘆息した。

「お前縄張りの守りが適当すぎやしないか？　おれも素通りだったぞ」

少しばかり薄い壁を感じたくらいだ。そう言うと夕暮丸が肩をすくめた。

「あんたを妨げられるものが、この京にどれだけあるんだよ」

京の水神どの、と皮肉っぽく付け加えて、夕暮丸がふと何かを思い出すように視線を宙に投げた。

「ここはおれと雨藤の場所だ。普通の人間ならまずたどり着けない」

夕暮丸の視線が、己の失われた右腕を見つめていることに、指月は気がついた。

「だが稀《まれ》にいるだろう――そういう力を持った人間が」

人間の中にも指月たちのようなものを見、話し、そうして祓うことのできる力を持つ者がいる。かつて陰陽師《おんみようじ》と呼ばれていた者たちの中にも、それが交じっていたのを、指月も夕暮丸も覚えている。

あの老いた陰陽師の顔を思い出しながら、指月は絵をのぞき込んだ。

絵の下に小さく描かれている『四橋《よつばし》』は、おそらく錦絵の版元だ。その下、墨刷りの宵闇に紛《まぎ》れるように、細く刻まれた号が見える。

『吉楽飛助《きちらくとびすけ》』と読むことができた。おそらくこの絵を描いた絵師だ。

東山に迷い込んだ男がこの絵師で、夕暮丸の縄張りの守りを抜けてここにたどり着いてしまうような、そういう力を持っているのなら納得もいく。

指月はなるほど、と一つうなずいた。

「気のせいかとも思ったが、絵からお前の気配がするのも、ではその絵師のせいなのかもしれんな」

夕暮丸が目を見はって、絵に視線を落とした。その絵からはわずかに夕暮丸の気配が零《こぼ》れている。

もしその絵師が夕暮丸をもとに鵺の絵を描いたのなら、見たものの魂や本質までも絵に描き取ってしまえるような、そういう才の持ち主なのだろう。

夕暮丸が目を丸くして言った。

「もしそうならとんでもない腕だな。肉筆画でもなく、版画絵一枚にもおれの気配がわずかに宿っている」

肉筆画は絵師が直接筆で描いた一枚もの。版画は絵師の下絵を元に版木が作られ、線や色を重ねて摺《す》られたものだ。量産されたもののはずだが、その絵の本質が訴えるような、ぞくりとする迫力は失われていない。

「お前の縄張りに迷い込むことができるわけだ」

指月は盃を持ち上げると、くつろぐように後ろに手をついた。空を見上げると、ちょうど月が光をともなって西に傾いていくところだ。

「……京にこの緋色の鵺が出たと聞いた」

指月は、緋色の鵺が夜な夜な藤の花を求めて京に出るという噂を、夕暮丸に話してやった。

「お前の頭が、猿になっていたらいい見物だと思ったんだがな。残念だった」

喉《のど》の奥に転がり落ちていく酒の甘さが妙に美味《うま》く感じる。

夕暮丸がちらりとこちらを見たのがわかった。

「なるほど。巨椋の入り江の主どのは、おれが鵺になって人でも襲っているのかと、わざわざ様子を見に来てくれたというわけだ」

指月は思わず見上げていた空から、夕暮丸に視線を戻した。夕暮丸がにんまりと笑っている。口の端から白い犬歯がのぞいていた。

「……まさか」

ニヤニヤと笑う夕暮丸に、指月はよそを向いて舌打ちをした。

夕暮丸が緋色の瞳を細めて、つい、と己の真上を見上げた。

「大丈夫だ、指月」

夕暮丸の上には、雨のように藤の花が降り注いでいる。

「おれは人を襲うものにはならない。人は、雨藤が愛おしんだものだから」

雨藤は人の胸の内にある、柔らかくあたたかいものを愛していた。

それを心というのだと、彼女は言った。

だから夕暮丸も、同じように人の心を欲し、愛すると決めたのだろう。

雨藤が、最後に鬼の女の心を慈しんだように。

指月の金色の瞳の先、夕暮丸はあのころより明らかに力を失っていた。そのすべてを雨藤を生かすために使っているからだ。

いつか夕暮丸が力つきた時、この藤は山犬とともに朽ちるのだろう。

もしかすると夕暮丸は、その日を心待ちにしているのかもしれない。

――ふいに風が吹いた。

生臭い獣のにおいがする。それはどこか夕暮丸の気配をもはらんでいるような気がした。

指月は盃を片手に、その金色の瞳をわずかに細めた。

「お前の縄張りなんじゃないのか、山犬」

立ち上がった夕暮丸が眉を寄せて、瞬き一つで山犬の姿に転じる。隻腕の山犬が、ぐるるる、と喉の奥で唸《うな》って、その緋色の毛を逆立てたその瞬間――。

ずるり、と木の上、枝葉の隙間からそれが姿を現した。

指月は座ったままだった地面の上から腰を浮かせた。

「……鵺か」

炎の毛並み、顔は猿、三本の足は縞《しま》に模様の入った虎。ばしん、ばしんと空を叩くその強靱《きょうじん》な尾は、太い蛇が赤い舌をひらめかせていた。身の丈は人間の倍ほど。

その生き物は確かに、あの錦絵に描かれていた『緋色の鵺』そのままの姿をしていた。

ヒュー、ヒューと風が通り抜けるような、不気味な声がする。

指月は一瞬詰めていた息を、ふ、と吐き出した。

見た目こそ迫力があるものの、その気配はどこかうつろだ。大したものではない。山犬一匹で十分だ、と指月はあっさりその場に座り直した。

「せめて雨藤にいいところを見せてやれよ、山犬」

酒を片手に指月はすっかり見物気分である。

その瞬間、夕暮丸がしなやかに地を蹴《け》った。

「がぁああああっ！」

巨体には似合わぬ身軽さで飛び上がり、牙を剝《む》きだしにして鵺に飛びかかる。

鵺の首根っこに牙をたて、枝から引きずり落とした。バキバキと枝の折れる音、そしてどさり、と重いものが地面に叩きつけられる音がする。

指月がその盃を空にしたあたりで、木々の隙間から夕暮丸が悠然と戻ってきた。袖で口元を乱暴に拭《ぬぐ》いながら、釈然としないようにその眉を寄せている。

「どうなった？」

指月が問うと、困惑したように首をかしげた。

「消えた」

「仕留め損ねたのか？　獣のくせに狩りが下手だな」

皮肉混じりに言った指月に、夕暮丸がむっとしたようにその傍《かたわ》らに座り直した。口元をもごもごと不満そうに動かしている。

「どうも中身のないすかすかした感覚で、気味が悪い」

それに、と夕暮丸が顔をしかめる。

「おれの気配がした」

二人がそろって視線を向けた先。地面に置いたままになっていた件の錦絵だ。

「あの鵺だな」

指月がそう言って、錦絵を拾い上げる。

絵を見て、二人でともに目を見張った。

絵の鵺が赤い血を流している。体中にひっかき傷があり、首元には明らかに噛《か》みつかれた痕《あと》があった。夕暮丸の牙の痕だとすぐにわかった。

「……絵の鵺が抜けたのか」

夕暮丸がぽつりとつぶやいた。

そうだとすると気配がひどくうつろで薄っぺらかったことも、わずかに夕暮丸の気配がしたことも、縄張りの中に現れたことも納得がいく。最初からこの中にいたのだから。

指月が、夕暮丸の上に降り注ぐ藤の雨を見上げた。

そういえば京の噂になっている鵺も、藤の傍に現れることになっていた。なるほど、と指月は一人うなずいた。

京の鵺の噂の元になったのは、おそらくこの錦絵なのだろう。絵は何百と摺られていて、その全ての鵺が抜けたとは思えない。だとすれば特に力のある何枚かがあったのだろうと指月は見当をつけた。

そして……。

「あの鵺は、みな藤の花を探しているんだな……」

絵師がとらえた魂の薄い欠片《かけら》になっても、たぶん夕暮丸が求めるものは変わらないのだ。

指月がそう言うと、夕暮丸が苦いものを飲み下したような顔をした。

「しかし版画絵でこれなら、その絵師の肉筆画ならどうなるんだろうな」

「こんなうつろの鵺では済まないだろうさ」

なにせ本質は夕暮丸だ。内裏《だいり》の一つや二つ滅ぼしかねない。

何事か考え込むようにしていた夕暮丸が、ふいに顔を上げた。

その瞳がぼんやりと頭上を見上げている。雨のように垂れ下がっている藤の花を見つめているのだとわかった。

「なあ、指月。おれはこの絵を描いた絵師に会ってみたい」

その瞬間、指月は酒を呷る手を止めた。夕暮丸の瞳に、どろりとした緋色の光が灯ったような気がしたからだ。

「なぜ」

肉筆画の鵺が残っていたら危ないとでも言うつもりか。それとも、祇園のだれかのように鵺退治でも気取るつもりか。

だが指月の問いに、夕暮丸はただ黙して答えなかった。

2

この何百年かで、京は大きくその姿を変えた。

新しい天下の主、徳川家康《とくがわいえやす》が江戸に幕府を開いてからおおよそ二百年あまり。政《まつりごと》の中心は京からその江戸へ移っている。

帝は内裏に住み、貴族たちがその周囲を取り巻いているのはこれまでと変わらない。だがかつてほどの華やかさは、もうそこにはない。あの宮城のいっそ馬鹿馬鹿しいほどの豪華絢爛《けんらん》さは、その外側だけがこの京にうつろに残っているような気がしていた。

京の町は、町衆たちがその営みの中心となりつつあった。

鴨川の西に位置する高瀬川は京の中心部と、指月の棲む伏見《ふしみ》までを結んでいる。そこからさらに大坂、そして江戸へと繫《つな》がっていた。

大坂からの荷を満載にした細い高瀬舟を、曳子《ひきこ》たちが声を合わせながら引いている。川のところどころに設けられた舟入では、男たちが満載された荷を次々と下ろしていた。

指月はその光景を横目に見ながら、はあ、とため息をついた。

四条の橋を渡って北側、その芝居小屋の瓦《かわら》屋根の上に上がって、我が物顔であぐらをかく。

昨日、件の絵師を探しに行くと言った夕暮丸に、とっさに「おれも行く」と言ってしまったのは本当に失敗だった。

どうしてあんなことを口走ったのかわからない。

だがあのどこか昏《くら》い緋色の瞳を見て、勝手に口から零れ落ちたのだ。

あんな山犬の一匹や二匹、放っておけばいいのに。どうかしてしまったのかもしれないと、指月は風に遊ばれてあちこち跳ねている銀糸をくしゃりとかきまぜた。

ともかく、それならばと夕暮丸が提案した「明日四条のあたりで」という、妙に人間らしい待ち合わせの約束を、指月は呑んでしまったのである。

らしくないことをした、と指月は苦い顔で鴨川を見下ろした。

鴨川の両岸には堤が築かれ、新地として開拓された。

四条の橋を渡って東には祇園社《ぎおんしゃ》の朱色の鳥居が見える。このあたりには、四条通を挟んで南北に芝居小屋が建ち並ぶようになった。

芝居小屋の瓦屋根、その上に三方に張られた櫓幕《やぐらまく》には、座元の紋が染め抜かれている。

八本の槍《やり》が前に突き出し、房のついた二本の梵天《ぼんてん》が空に向かって立てられていた。

一階部分の屋根の上には横長の絵看板、そのさらに上には、役者の名前が書かれた細長い看板がずらりと並ぶ。

今の演目は『鵺退治　宵月弓』

小屋の前には客たちがずらりと並び、今日の芝居を心待ちにしているようだった。

これが件の芝居か、と指月がそれを見下ろしていると、ぶわりと強い風が指月の髪を跳ね上げた。傍らではばたばたと櫓幕が風をはらむ音がする。

面倒な予感がする、と指月が眉を寄せた時だった。

ふわり、とその少女が指月の隣に降り立った。紺色の振り袖の裾《すそ》が、風をはらんで翻《ひるがえ》る。

指月はそれを見やって、不機嫌さを隠そうともせずに言い放った。

「何の用だ――花薄《はなすすき》」

白銀の髪を長く伸ばし、紺色の振り袖を優雅に揺らした少女は、指月よりもずっと背が低い。彼女は京の北にある貴船《きぶね》の水神である。

空を駆け指先一つで天気を変えるそのすさまじい力で、これまで何度も指月と衝突することがあった。

京の川は指月のものだが、雨と風は花薄のものである。互いに力の差はなく、それ故《ゆえ》に指月にとっては京にあって唯一といってもいい、やっかいな相手でもあった。

花薄がふ、とその薄い唇に笑みをはく。長い睫《まつげ》の影がしっとりと頬《ほお》に落ちた。

「お前と顔を合わせるのは、いつぶりだ、指月」

「知らん」

互いに長く生きる身である。以前いつ会ったかは、指月もぼんやりとしか覚えていない。

花薄がわずかに首をかしげて、指月と眼下の芝居小屋を交互に見やった。その首筋を銀色の髪がするりとすべっていく。

「お前が珍しいな。芝居見物か？」

指月はふい、と視線を逸《そ》らして、瓦屋根から立ち上がった。このまま夕暮丸が来ると、絶対に面倒なことになると確信があったからだ。

だがこの世はそうそう、うまくいかないものである。

「──指月」

真上から降ってきた明るい男の声に、指月は一瞬ぎくりと肩を跳ね上げて、やがて深いため息をついた。

黒い小袖を着流した夕暮丸が、音もなく北座の屋根に下りる。その髪や瞳も指月たちと同じ本質のままの緋色である。

その目が指月と花薄を交互にとらえて──ぱあっと顔を輝かせたのがわかった。

「おいおい、なんだなんだ！」

夕暮丸が残っている左腕で、指月の肩をがっしりと組んだ。

「あんたの番か？」

「そんなわけあるか」

気味の悪いことを言うなと、指月はその腕を振り払って夕暮丸を睨みつける。

「お前、あれがだれだか知って言うのか？」

つがいだなんだと生やさしいことを言って気でも抜こうものなら、次の日には川も池も干上がっているような相手だ。

夕暮丸は冗談だ、と肩をすくめて花薄に向き直った。

「貴船の主だろう。指月と同じ龍《りゅう》神と聞く。人の姿を見るのは初めてだが、ずいぶんとかわいらしいものなんだな」

その一切臆するところがない様子に、こいつはだれ相手でもこうなのか、と指月は少し驚いた。それは花薄も同じだったらしい。

一瞬きょとんとして、それからくすくすと袖で口元を覆《おお》って肩を震わせた。

「お前は東山の山犬か。なかなか見る目があるな――よい、花薄と呼べ」

花薄もなぜだか上機嫌でうなずいていて、指月は頭を抱えそうになった。この二人は妙に馬が合うようだった。

「いい名だな」

夕暮丸がそう言うと、花薄は笑んだままつい、と遠くに視線をやった。薄い唇から軽やかな声が零れ落ちる。

――風になびくもの　松の梢《こずえ》の高き枝　竹の梢とか　海に帆かけて走る船　空には浮雲　野辺《のべ》には花薄――

風に揺れるものを集めた、ものづくしと呼ばれる言葉遊びの歌だ。指月も幾度となく聞いたことがある。何を気に入ったのか、この貴船の水神はこの歌から花薄と名乗り続けていた。

「……お前も、歌だけは悪くない」

指月はそうぽつりとつぶやいた。

京で流行る歌を口ずさんでいる時は、鬱陶《うっとう》しい憎まれ口もないし、無駄に涸《か》らせて川を干上がらせることもない。こちらも仕返しに川を逆流させたり、貴船で溢れさせたりする必要もないから穏やかだ。

それに――本当に時々。花薄の歌をずっと聴いていてもいいと思うことがある。

それくらいは、悪くないと思っていた。

顔を上げると、夕暮丸がじっとこちらを見つめている。

「よかった」

ふいに、ぽつりと夕暮丸が言った。

「あんたにも、そういう相手がいて」

指月が怪訝《けげん》そうに見やると、夕暮丸が肩をすくめた。

「あんた時々、この世で一人きり、みたいな顔をする時があるから」

だからよかった、と。そう言った夕暮丸に、指月はどう答えていいのかわからなかった。

何を言っているのだろう、この山犬は。

おれたちのようなものは――みなこの世で一人きりのはずだろう。

どうしてだか居心地の悪さのようなものを感じて、指月は夕暮丸から視線を逸らした。

「貴船の主が、京に何の用だ」

ごまかすように花薄に問う。花薄はその細い指先で、眼下の芝居小屋を指した。

「芝居見物だ」

少し前、貴船に鵺が出た。

そう言った花薄は、振り袖の懐から一枚の絵を取り出した。それは件の錦絵だった。貴船に詣《もう》でにやってきた町衆の一人が、携えていたものだという。貴船の咲き始めの藤の花に惹《ひ》かれて姿を現した鵺を、花薄が叩き伏せたのだ。

錦絵の中の鵺はそれは無残な姿をしていた。尾が千切れ、体中血にまみれたその姿を見て、夕暮丸がぞっと身を引いている。

「さすが貴船の主だな……」

少女の見た目をしていても、花薄は貴船の水神である。

花薄の瞳がじっと夕暮丸をとらえた。

「なるほど、あの鵺はお前か、山犬」

鵺が抜けた絵には、やはり夕暮丸のわずかな気配が残っている。夕暮丸が肩をすくめた。

「どうもそうらしい」

東山で行き会った絵師に夕暮丸が姿を見られた。どうやらその絵師には魂を描き取る力がある。夕暮丸を元に描かれた鵺は、藤の花を求めて絵から抜けることがあるらしい。

そう伝えると花薄は薄い唇を結んで、なるほどと言わんばかりにうなずいた。

そうしてちらりと足元の芝居小屋を見やる。

「本物の化け物をうつしたか――それは評判にもなるだろうな」

――鵺退治は、もともと平家《へいけ》物語に描かれた源《みなもとのよりまさ》頼政の逸話《いつわ》である。

京のある夜、帝の御所の上を黒雲が覆った。どうやら得体の知れないものの仕業ということで、守りを任されたのが源頼政だ。頼政はその雲の中の化け物を弓で射落とした。この化け物が鵺とされることが多い。

『鵺退治　宵月弓』はこの逸話を元にした芝居だ。

去年、霜月《しもつき》から始まったこの芝居は、最初それほどの評判でもなかった。その流れが変わったのは冬も終わりのころ。

一枚の役者絵が出回るようになってからだ。

版元は京都麩屋町《ふやちょう》、四橋堂《よつばしどう》。絵師は『吉楽飛助』。これまで上方ではほとんど名が上がることのなかった町絵師であった。

満月の宵、恐ろしい鵺と頼政が戦う姿を描いた錦絵である。

この錦絵が飛ぶように売れた。

役者の力強さもさることながら、恐ろしい獣の絵が、まるで真に迫るようだと評判になったのだ。芝居の鵺の姿とはやや違って見えたが、それを気にするものはいなかった。

それに引きずられるように、春を迎えたあたりから芝居も連日大入りとなった。

役者が演じる鵺の姿も、途中からこの錦絵に合わせて緋色に衣装を変えたというから、よほど錦絵の評判がよかったのだろう。

「……詳しいな」

指月は半ば呆れたように言った。花薄がどこか自慢げに、ふんと腕を組む。

「この程度、京ではだれでも知っているぞ」

今様歌《いまようた》に凝《こ》ったりと、花薄は京の流行に案外敏感なのだ。

時間が来たのだろう、小屋に人を入れ始めたのを眼下に確認して、夕暮丸がちらりと指月を見た。

「おれは遠慮するが、あんた、花薄と芝居を見るか？」

「……なぜ？」

自分と花薄がともに芝居を見物する理由が、指月には思い当たらない。心底不思議な顔をしたのだろう。夕暮丸が妙な顔で花薄を見やる。

「そっちは？」

「どうしてわたしが、そいつと芝居を見なくてはいけないんだ」

花薄もきょとんとしている。

夕暮丸が大仰にため息をついて、指月と花薄を交互にじろりと見やった。

「千年前だかそのあたりから知り合いで、今でこれだろ。おれの見立てじゃ、あと二百年はかかるな」

何がだ、と思ったが妙に不愉快だったので、指月はその金色の瞳を細めて、夕暮丸を下に向かって蹴り落としてやった。

「うぉわっ！」

大屋根から転がり落ちた夕暮丸の髪が、とっさにじわりと染まる様に黒く変化する。力を失ったとはいえ人に化けられぬほどではないらしい。

花薄が鼻で笑って、すっと消えていったのがわかった。

恨みがましそうに見上げてくる夕暮丸の傍に、自分も降り立つ。気配を薄めてもよかったが、人のように髪も瞳も染めてみた。

そういう気分だった。

四条北側芝居の小屋の前から、西へ向かって人で賑わう四条の橋を歩く。

喧騒《けんそう》が耳の奥に響いた。それは指月が棲む美しい大池の静寂とはほど遠かったが。

不思議と悪くない気分だった。

麩屋町通に面した古い町屋に、その男は住んでいた。

半ば傾きかけの屋敷は、瓦屋根はところどころなくなっており、都の夏の湿度に負けた柱が見てわかるほどにかしいでいる。日が十分に入らず、格子《こうし》にも薄汚れた壁にも得体の知れない虫が齧《かじ》ったあとがあり、うっすらと苔《こけ》むしていた。

つまり一世を風靡《ふうび》する絵師が住むには、ずいぶんなぼろ屋に見える。

指月がつい、と目を細めて周りを見やった。

「絵師の家にしては物騒だな」

町屋の前には、何人かの男たちが手持ち無沙汰《ぶさた》にうろついていた。

派手な柄《がら》の羽織を羽織ったり、女物の小袖を肩からかけたりしている。髷《まげ》を結っている者が半分、残りの半分は総髪で、手に木刀のようなものを携えている者もいた。

道のただ中で、屋敷を見上げて止まった指月と夕暮丸を、じろじろと見つめている。

その時だった。ガタンっと音がして中で何かがぶつかる音がした。叩きつけるといった方がいい勢いだ。ただでさえ壊れかけの屋敷が、それだけでギシリと音を立てた。

「行ってくる」

夕暮丸が木戸に向かって歩き出す。面倒なことになった、と指月はその後を追った。

物騒な男たちが、指月たちに駆けよってくる。

「おい！」

指月はその瞳だけを、ふ、と金色に戻した。

「――触るな」

それだけで男たちがぴたりと固まった。調子がいいのは格好だけか、と指月は小さく嘆息した。

木戸を引き開けると、薄暗い町屋の中は火を灯す油と湿った黴《かび》。それから膠《にかわ》と絵の具、のりのにおいがどんよりと籠もっていた。

玄関から通り庭を抜ける。横に見える座敷は古い畳が上げられ、すべて板間になっていた。奥の板間に駆け上がると、ギシリ、とひどく軋《きし》んだ。

奥庭が見えるその板間で、男が襟首《えりくび》をつかまれていた。

つかんでいるのは、表の男たちの仲間だろうか。

藍《あい》の小袖を着流し、縞の帯。髷こそ結っているものの、色鮮やかな錦の羽織を纏っていて背には悠然と鯉《こい》が泳いでいた。金糸銀糸が光り輝いて、なんだか目がちかちかする。

「――どうしても描かれへんて言うんか」

鯉の男が襟元をつかんで引き寄せているのは、総髪の若者だった。

二十《はたち》を一つ、二つ過ぎた年頃だろうか。小柄な男だった。こざっぱりとした鼠《ねずみ》色の小袖を着て、ぼさぼさの総髪を無造作にひとまとめにしている。

体中に絵の具の色が染みついていて、どうやらこちらが、件の絵師らしかった。

「……すみません」

絵師が消え入りそうな声でつぶやいた。夕暮丸が鯉の男と絵師の間に割り込んだのが見える。

夕暮丸と男が何か言い合っているのをよそに、指月はその絵師の座敷を見つめていた。

畳がすべて上げられた板間には、あらゆる場所に絵が描き散らされていた。

立てかけられた板に張られた和紙には、瑞々《みずみず》しい朝顔。その後ろの壁には直接描かれたのだろう、瑠璃《るり》色の蝶々《ちょうちょう》が舞っている。

足元の和紙には祇園社の美しい夕暮れだ。その隣は鴨川の水面が朝日にきらめく様。高瀬川にはらはらと舞い落ちる秋の木の葉は、目に鮮やかな茜《あかね》色と橙。

その部屋中に季節と自然を閉じ込めたようで、圧倒される。

見事な腕だ、と指月の口元が思わずほころんだ。

その時ふいに、壁に立てかけられていた朝顔が、ぞろり、と動いた気がした。

先ほどまでつぼみだったのが、ぐぐ、とひどく緩慢な動きで花開こうとしている。それに合わせて細い蔓《つる》がするりと伸びた。

その後ろでは壁に描かれた瑠璃色の蝶々が、かすかに羽を震わせていた。

指月は鯉の男に襟元をつかまれている絵師を見やった。

なるほど、これが絵に魂を描き取る絵師か。

面白くてたまらなくなって、指月は座敷に上がってその絵師の顔をのぞき込んだ。その時男を一人突き飛ばしたような気もするが、気のせいかもしれない。

「お前が、吉楽飛助か」

絵師が目を丸くした横で、鯉の男が指月の前にずいっと割り込んでくる。

「あんたらなんや。こいつにはおれが先に用があって――」

指月は舌打ちして、ほとんど雑音であったその男の襟首をおもむろにひっつかんだ。視界の端で、夕暮丸があーあ、と肩をすくめている。

「やかましい」

ひとふりで投げ飛ばそうかと思ったが、万が一死んでしまうとややこしくなる。人間は脆《もろ》い生き物だ。

指月は鯉の男をつかんだままずるずると玄関先まで引っ張っていって、ぽいっと外に捨てた。外をひと睨みして、ついでにぴしゃりと戸を閉めてやる。

座敷まで戻ると夕暮丸が呆れた顔をしていた。

「せっかくおれが穏便に収めようとしてやったのに」

「おれだって十分に穏やかだっただろうが」

人が壊れないよう加減してやったというのに、夕暮丸は肩をすくめるばかりだった。

外でしばらくわめいていた鯉の男が、ひとまず諦めたのか、静かになったころ。

部屋の隅《すみ》で縮こまって震えていた男が、そろりと顔を上げた。

「……………あの……どちらさんですやろ」

指月と夕暮丸が顔を見合わせた。

庭に向かった夕暮丸が、そこでふいに山犬の姿に変わる。緋色の毛並みが揺らめく様を存分に見せつけた夕暮丸が、その牙をぐわりと開けてみせた。

突然目の前に現れた化け物に、飛助は目を剝いて悲鳴を呑み込んだ。声もなくがたがたと震えている。

瞬き一つで元に戻った夕暮丸は、今度はその緋色の髪も瞳もそのままに、いっそにこやかに飛助に笑いかけた。

「おれとは会ったことがあるだろ、町絵師」

飛助は今度こそ引きつった悲鳴を漏《も》らした。

──吉楽飛助は視線の合わない男だった。おどおどとした目を慌《あわ》ただしく動かしながら、ぎゅうっと肩を小さく縮めている。

鯉の男がいなくなったのがわかったのか、絵から完全に抜け出した蝶がひらひらとあたりを飛び回り、朝顔の蔓がぞろぞろと壁を這《は》い始めていた。

飛助はそれにも慣れてしまっているようで、肩に止まった蝶を鬱陶しそうにぺしりと払いのける。

怖がっているわりに指月や夕暮丸、そして動き回る絵を追い出さないところを見ると、単純に臆病なだけで、人ならざるものそのものには慣れているのだろう。

夕暮丸がその様子をぐるりと見回して、やがて飛助に視線を向けた。

「東山にも鵺が出た。あれはお前の描いた……半分おれの鵺だよな」

飛助がしおしおと肩を落とした。

「……すみません……版画やったら大丈夫やて思てたんです」

飛助の家系は遡れば、絵を描くことを生業《なりわい》としてきた一族だった。古くは朝廷の絵所《えどころ》に任じられたこともあったらしい。

――あの一族の描く絵は、まるで本物のようだ。

そう評されるような、写実的で美しい絵を描くことをずっと大切にしてきたのだ。

だが飛助の場合は、幸か不幸か、ことさらその力が妙な方向に強く出たようだった。

飛助の描いた、茶席に飾る掛け軸の桔梗《ききよう》が、いつの間にか枯れている。父の手伝いで描いた松の木の雀《すずめ》は、二日もしないうちにどこかに飛んでいってしまったらしい。

気味が悪いと苦情が入ることがしばしばあって、やがて父も母も飛助のことを諦めてしまった。

腕の良い弟が家業を継ぐことになり、飛助はかつて祖父が隠居していたこの屋敷をもらい受けた。つまり家から追い出されてしまったのだ。

それ以来飛助は、あちこちの版元から小さな錦絵の仕事を、ほそぼそと受けていた。

版元とは、浮世絵や草紙などの制作と販売を請け負う商売である。絵師や作家から下絵や作品が仕上がると、それを彫師や摺師《すりし》たち職人に回してとりまとめて売り出すのだ。

錦絵の下絵は彫師に回った時点で処分されてしまうから力が弱まるのだろうか。版画になった飛助の絵が今まで動いたり、抜けたりしたことはなかった。

だから飛助でも、なんとか食いつないでいくことができたのだ。

そんな中、去年の秋。飛助に大きな仕事が舞い込んできた。

「四橋堂さんからでした……その霜月から始まる芝居の役者絵を描かへんか、て」

麩屋町にある四橋堂は、主に役者絵などの錦絵を手がける中堅の版元だ。

「今まで版画の絵が抜けたことはあらへんから……今回も大丈夫やてそう思てたんです」

そしてその秋も深まるころ、実家の使いで訪れた東山で飛助はそこに迷い込んだ。

突然ぽかりと開けた視界の先、空は広く、月光のもと、眼下は京を西山まで見通すことができた。

冬も近いというのに、雨が降るように美しくしだれる藤の花が咲いていた。

その藤の花に見とれていると、突然宵の月から降りてくるように、緋色の獣が飛助の前に降り立ったのだ。

「それで逃げ帰って……でも思い出してみると、その毛並みがえらいきれいやったなあて思たんです」

飛助の瞳は、夕暮丸をじっと見つめている。

「まるで炎がゆらゆらと踊っているみたいな鮮やかな緋色で、月の下、藍色の夜によう映えて……これを絵にしたらきっときれいやなあて、思てしまったんですよね」

きゅっと肩を縮めた飛助が、はあ、とため息交じりにつぶやいた。

そうして飛助は、東山で行き会った化け物を元にあの錦絵の下絵を描いたのだ。

本来は墨絵だけのはずの下絵に、あの炎のような毛並みを再現したくて、肉筆画と同じように色をつけた。そして四橋堂に頼み込んで細かな色の指定までさせてもらったのだ。

摺り上がったその錦絵は飛助が描いた通り美しく、そして迫力のあるものに仕上がって、とても満足だった。

だが藤の花が咲き始める季節になって、京に鵺が出るという噂が立ち始めた。それも飛助が描いた緋色の鵺だという。それを聞いた飛助の心臓は縮み上がった。

緋色の鵺など存在しない。

あの鵺はきっと、版画絵であるはずの己の錦絵から抜けたのだ——。

うつむく飛助に、描いたものが悪かったな、と指月はじろりと夕暮丸を見やった。

小さな鳥や獣、花、そして人間程度ならそれで済んだのかもしれないが、今回は東山に何百年と棲む人ならざるものだ。

「結局お前が悪いんじゃないか。絵になっても落ち着かないやつだな」

口の端に笑みをのせてにやりと笑ってやる。夕暮丸がむっとしたのを見て、板間にごつりと額《ひたい》をぶつけたのは飛助だった。

「勝手に描いてしもて……ほんまにすみません」

いいよ、と夕暮丸は軽く手を振った。

版画から抜け出た鵺も、あれだけうつろであればせいぜい藤の花を求めてうろつくだけだ。藤の季節はすでに終わりを迎えている。自然と騒ぎも収まるだろう。そう言うと、飛助はほっとしたような顔で何度もうなずいた。

「それに、別にそれを咎《とが》めたくて来たんじゃないんだ」

夕暮丸がそう言うのを、指月は無言で聞いていた。夕暮丸が絵師に会って何をするつもりなのか、指月は聞いていなかった。

「あのさ、飛助。あんたに一つ頼みがあるんだ——あの時、東山で藤を見ただろう」

夕暮丸の瞳が、あのどこかどろりとした執着の緋色に染まるのを見た。飛助がおずおずとうなずく。

「その藤の絵を描いてほしい。あの藤はおれの大切なものなんだ。あんたの腕があれば……もう一度雨藤に会えるかもしれない」

ああ、そういうことか、と指月は合点がいった。

「それがここに来た目的か、山犬」

この山犬の灼熱の瞳はいつもあの藤をとらえている。

人のように慈しみ、愛おしいと思いながら——餓《う》えて餓えて喰《く》らってしまいたいと、喉を鳴らす獣の本性を内に秘めながら。

その炎の瞳を、今は昏い緋色に揺らしている。

「……おれは、雨藤に会いたいだけなんだ」

頼むよ、と。

夕暮丸は静かに飛助に頭を下げた。

「……わたしで、力になれるやろうか」

飛助が不安そうにつぶやいた。

どうだろうか、と指月は思う。

雨藤は今はそのかすかな魂と夕暮丸の力で、かろうじて咲いている。飛助の力はその本質以上を描くことはできないはずだ。望みは薄い。

「……頼む」

わかっていても、切れてしまいそうな細い糸に縋《すが》るように、夕暮丸はつぶやいた。その必死な声音に押されるように、飛助がうなずいたのを見て、指月は心中で舌打ちをこぼした。

この山犬はきっと、ただ咲き続けるだけで己に応《こた》えない愛おしい藤の花を、何百年も見上げて。たった一人きりだったのだ。

昨日絵師を探すと言った夕暮丸に、どうして己もついていくと言ってしまったのか、そこで指月はようやく思い当たったのだ。

あの思い詰めたような夕暮丸の昏い色の瞳が、どうにも不愉快で——ほんの少し不安で。

だからこの山犬がまかりまちがって妙な方向に走り出さないように、付き合ってやろうと思った。

決して認めたくはないが、そう思うほどには、指月はこの関係を気に入っているということだった。

——さて、と夕暮丸がその瞳から哀しみを振り払って、飛助を見やった。

「もちろんただとは言わない。さっきの男。あれはなんだ？」

飛助が途端に苦い顔をした。さっきの男、と首をかしげたのは指月だ。一拍遅れて、あ

あ、と手を叩いた。

「鯉の羽織の男か」

夕暮丸が呆れたようにこちらを見やる。

「興味ないものには徹底してるな。あんたが投げ飛ばしたんだろう」

「壊さなかっただけ加減した」

飛助がぶるりと身震いしたのを見て、指月は肩をすくめた。

鯉の羽織の男は、『鵺退治　宵月弓』の錦絵の版元、四橋堂の次男だ。橋本長時《はしもとながとき》という

名だと飛助が言った。

四橋堂の跡取りにはすでに優秀な兄がいて、長時は実家の金にあかせて祇園で遊びほう

けているらしい。元来、体が大きく力も強く、同じような仲間たちを集めて徒党を組んで

は、目にあまる乱暴者で通っていた。

大の芝居好きでもあって、河原で仲間を集めて源平の合戦だと騒いだり、忠臣蔵《ちゅうしんぐら》を気取ってそろいの羽織で町を練り歩いたりしていると、飛助がぽつぽつと話してくれた。

その長時が飛助を訪ねてくるようになったのは、近頃のことだという。

「祇園に件の鵺が出たいう話を、聞いたはりますやろうか」

そういえばそんな噂もあったなと指月はうなずいた。

「あの鵺を追い払ったのが、長時さんとそのお仲間なんです」

祇園は四条の橋の東、祇園社の門前町にある京最大の花街である。

その茶屋の壺庭《つぼにわ》に美しい藤の花があった。

そこに出た鵺を、長時が仲間内で囲んで追い払ったのだそうだ。茶屋の主人や祇園の芸《げい》妓《こ》たちからずいぶんと感謝され、それでずいぶんいい気持ちになったらしい。

長時は実家の版元、四橋堂が抱えている絵師の中から『鵺退治　宵月弓』を描いた絵師、飛助に目をつけた。

「頼政公のように鵺を討った己を絵にせえて言わはるんです」

無茶苦茶や、と飛助がぐう、とうつむいた。

それを摺らせて祇園で配るのだという。

では普通の鵺であればと言ったのだが、己が退治したのは緋色の鵺であると言って聞かない。

だが飛助はすでに己の絵から鵺が抜けることを知った。だから緋色の鵺を下絵にするわけにもいかないのだと飛助が困ったように笑った。

「それで断ってるんですけど、あの有様です」

指月はふうん、と唸《うな》った。

「四橋堂に、お前のところの息子が鬱陶しいと言えばいいのに」

指月が言うと、飛助はとんでもないと肩を跳ね上げた。

「四橋堂のご主人は、長時さんがかわいいて仕方ないんです」

ずいぶんと歳《とし》を取ってからの子どもであったらしく、甘やかして育てたのだろう。乱暴者の気質には困っているらしいが、祇園に押し込めて好きにさせておけば、今のところ大きな問題にはならないと思っている。

「それに……」

飛助の指先が、咲き終わってしおしおと枯れ始めた朝顔の花をつついた。

「絵の仕事がもらえへんようになったら、わたしも困りますから」

自分には、これしかないのだと飛助がつぶやいた。

その瞳の奥に、ちらりと輝く綺羅星《きらぼし》のような光を、指月は見つけた。

好奇心と情熱の光だ。この光があの美しい絵を生み出すのかと、指月はふとそう思った。

しばらく考え込んでいた夕暮丸が、よし、とぽんと一つ手を打った。

「ひとまず藤が終われば、鵺騒動も落ちつくだろう」

今年は夏が遅く、本当であれば卯月《うづき》の半ば頃には散っているはずの藤が、ここにきてもだらだらと花をつけている。だがそれももうあと半月もすれば終わると思われた。

藤が散れば鵺も出ない。それに霜月になればひとまず芝居も終わる。件の錦絵が出回らなくなれば、次の藤の季節に、鵺が暴れ出すことも減るだろう。

「鵺が出なくなれば、あの次男も飽くだろうよ。ひとまず藤が散るまで、おれとこの指月で、あんたを守ってやる」

人ごとだと思って聞いていた指月は、思わず腰を浮かせた。

「待て、おれは知らないぞ」

だがこの図々しい山犬は、指月の話を聞いたためしがない。

「いいだろう？　あんな図体のでかいのが何人も家に来ちゃあ、飛助だって落ち着いて絵も描けやしないだろうしさ」

「今だって大して変わらんだろうが」

指月も夕暮丸も、その身の丈でいえば相当なものである。夕暮丸は獣の姿を継いでか、指月より肩幅も体の厚みもあるので、この狭い家の中では大変な圧迫感だった。

飛助などが隅で縮こまっているのを見ると、哀れにすら思うほどだ。

それにきっと、と夕暮丸がつぶやいた。

「雨藤なら、助けてやれと言うと思うんだ」

そう見上げられて、なあ、と残った左腕で己の手をつかまれて。指月はやがてため息とともにうなずいたのだった。

3

それから七日。

淡かった夏の気配が、一日過ぎるごとに少しずつ増していくのがわかる。

からりと晴れる日が増え、高く青く澄み切った空がまばゆいばかりに照らされたかと思えば、夏の盛りのようにずんと重い湿気が澱《よど》む日もある。

本格的な京の夏が近づいている。

指月と夕暮丸は、毎日律儀に飛助のもとに通った。

たいていは奥の座敷で飛助が絵を描いていて、手前の台所であったとおぼしき板間に、畳を投げ出して、その上で二人でぼんやり酒を呑んでいる。

二階も使っていいと飛助に言われたのだが、一階の天井が湿気で大きくたわんでいるのを見ると、とてもそんな気にはなれなかった。

始まってみると、指月は案外この時間が嫌いではないことに気がついた。

飛助が絵を描く様は、見ていて酒の肴になる程度には十分面白かったからだ。

飛助は絵に夢中になると、何も見えなくなるたちだった。夕暮丸や指月が呼びかけても生返事ばかりだ。

ただまっすぐに己の絵に向き合い続けている。

古い戸板に肉筆画用の、厚みのある和紙が水張りされていて、そこに飛助が筆を置いて描き進めていく。その筆先は大胆《だいたん》に、そしてときに驚くほど繊細に、藤の花を描き出していった。膠を煮たり絵の具を練ったりする作業も、指月にとっては興味深かった。

そのうちがまんできなくなって、嫌がる飛助を半ば脅すように夕暮丸と二人して絵を描いてみた。

だがいつかの筆書きの文字と同じひどい仕上がりで、夕暮丸と互いの絵を見て声を上げて笑った。

ちなみに夕暮丸は蝶々を、指月は庭の菖蒲《しょうぶ》を描いたが、蝶々はどう見ても蛙《かえる》だったし、菖蒲は変に凝った指月が赤色を差したのが徒《あだ》になって、目を細めて見ると猿回しの猿になった。

器用不器用は、人間もそうでないものも平等なのだと思い知る羽目になった。

飛助の描く藤に初めて淡い色が入れられた時には、酒を呑むのを忘れるほどに見入った。

そんな日がしばらく続き、美しい藤の花が完成に近づくにつれて、だんだんと夕暮丸の口数が減っていった。

その視線は飛助が描く絵をいつも見つめている。

降った雨に濡《ぬ》れたのだろう。空からしたたるように、藤の花が下りていた。ぽつぽつと開く花は、淡い香りすら感じさせるほどだった。

その傍に、炎を纏う隻腕の山犬がピンと背を伸ばしている。鼻先を目一杯藤に伸ばして、まるで何かを話しかけているようだった。

色が重なるたび、飛助が筆を進めるたびに、塗り込められるように夕暮丸の気配が織り込まれていく。

ある夕暮れ、縁側から差し込む緋色の光に照らされた絵を眺めて、夕暮丸がぽつりとつぶやいた。

「本当に見事なものだな。不思議な気分だ、おれがもう一人そこにいるような気がする」

「だがその絵のお前は、あの鵺のように動かないんだな」

指月が冗談めいて言うと、夕暮丸がはは、と笑った。

「雨藤が傍にいるんだ。絵のおれがこっちに出てくる道理がない」

もっともだった。夕暮丸がぽつりと続ける。

「そう思えば、あの錦絵の鵺は哀れだな……わずかでもおれであるはずなのに、傍に雨藤がいない」

だから藤の花を求めて、絵を抜け出てしまうのだろうか。

だがそれはお前も同じだと指月は思う。

愛おしい藤の花を求めて、夕暮丸はいつもさまよっている。

——……その瞳を昏い緋色に染めながら。

夕暮れが緋色から紫に色を変えるころ。

行灯《あんどん》に明かりを入れるのは、夜になったこともすっかり忘れる飛助の代わりに、夕暮丸の仕事になった。四方に張られた和紙を透かして、明かりがぼんやりと座敷を照らす。

ここでようやく、飛助がはっと顔を上げた。

「……夜や」

毎夜、だいたいこれである。放っておくと食事もしょっちゅう忘れるので、指月と夕暮丸が適当に何か喰わせてやることもあった。

座敷の障子《しょうじ》を開けて、奥庭に繋がる縁側にそろって腰を下ろした。庭は荒れ果てているが空には淡い月が昇っていて、十分に酒の肴になった。

「あとどれくらいで完成だ?」

そう問うた夕暮丸に、飛助がううん、と唸った。

「もう二、三日やと思います。そうしたら軸にしてお渡しします」

「おれたちは酒を呑んで寝転がってただけだからなあ……悪い気もするな」

夕暮丸が左手でくしゃりと髪をかきまぜる。

「長時さんを追い払ってくれはったから、助かりました」

飛助が実にうれしそうに笑うものだから、指月と夕暮丸は無言で顔を見合わせた。

長時はしつこいほどに毎日やってきていた。それを追い返すのが指月たちの仕事だ。

乱暴者の人間を一人二人……多くても十人、適当にあしらって地面に転がすだけだ。指月にとっても夕暮丸にとってもお遊び以下のいい暇つぶしだった。

だがそれもここ二、三日は姿を見せなくなっている。藤がすっかり散り、鵺の噂も聞かなくなって、夕暮丸が言った通り、飽いたのだろう。

「……完成したら、酒でも持ってくる」

少しばかり申し訳なくなったのか、夕暮丸がぼそり、とそう言った。

飛助はあまり酒に強いたちではないのだろう。一口二口、猪口《ちょこ》から酒を呷るとすぐに、ふわふわとした口調になる。

「……またさびしくなりますね」

月を見つめた飛助が、そうぽつりとつぶやいた。

「さびしい？」

飛助がうなずいた。

「ええ。この何日か夕暮丸さんと指月さんが、毎日うちに来てくれはって……まるで、友ができたようでした」

飛助がその丸い目を細めて、こぼれるように微笑《ほほえ》んだ。

「わたしには、あまり友もおらへんかったので」

――幼いころは飛助にも近所でともに遊ぶ友がいた。絵を描いて遊ぶことも多く、子どもの落書きに紙など贅沢《ぜいたく》だからと、木の板や地面に棒でがりがりと描いていた。

最初はその絵の腕を、祖父にも父にもみなに褒められた。だがそれも、みなが飛助の本当の力に気がつくまでだ。

描いた絵が消えてしまう。気味が悪い。今まで一緒に、遊んでくれていた友人たちは、だれもいなくなった。

家のために絵を描いても同じだった。父も母も飛助のことを見限って、弟を選んだ。

飛助の傍にはだれもいなくなった。

それからずっと、飛助にとって絵を描くことだけがすべてになった。

絵に向かい続けることだけが、己のさびしさを埋めるたった一つの方法だったのだ。

「わたしはずっと一人やった。絵を描いてへん時はずっと、さびしいさびしいて思てたけど。でも――」

飛助が、ぐっと胸に手のひらをあてて破顔した。

「ここしばらくはそんなことも思わへんかった。夕暮丸さんと指月さんがいてくれたはるからやて、そう思うんえ」

夕暮丸が酒を片手に肩を震わせた。

「おれたちは人ではないぞ?」

「そんなの、関係あらしません」

飛助がにやりと笑う。

「わたしにとっては、みんな一緒です」

それをどこか遠くで聞きながら、指月は盃を傾けた。いつもは美味いはずの酒の味がどこかぼんやりする。
指月は無意識に、己の胸に手をあてていた。
人はここに、心を持っている。
さびしい、はその人の心が感じるものだ。
鬼になった女も、飛助も、雨藤もみなそう言った。
心は脆く壊れやすく柔らかく……とても弱いものだ。だから指月たちのようなものには
いらないものだと、そう思う。
だから指月のここには、ぽかりとうつろだけが空いている。
それでいいと思っている。
それでもいつか——おれも人の心を知る日が来るのだろうか。
……いや、そんなことはないだろうよ、と。
指月は胸のうつろから目を逸らすように酒を呑み干した。

——それから幾日か経った、京の夜。
ひどく蒸し暑い夜で、あと何日かこういう夜が続けば、雨の多い季節に変わると指月も
ぼんやりと知っていた。

空には煌々《こうこう》と月が輝いていた。

京の藤は、花が散って青々とした葉を茂らせている。

それに応じるように鵺の噂はしぼむように消えていった。

長時が来なくなったこともあって、ここ数日は夕暮丸も指月も京には降りていない。

雨藤の絵は数日前に完成し、飛助が自ら表装すると言った。明日、朝日が昇るころに完成した絵を見せてくれる。そういう約束だった。

その夜、月はすでに高く、京の町は花街を残してほとんどが眠りについていた。飛助もあの麩屋町のぼろ屋で、ぺらぺらの布団にくるまっているころだろう。

——暁を待つまでの間、東山に来いと言ったのは夕暮丸だった。

「また、しばらく呑むこともなくなるだろう」

明日絵を受け取ったら、空から降り注ぐようなこの藤の花とともに、夕暮丸はまた静かにここで過ごすのだろう。

何年か、何十年か、何百年か。次に会うのはいつになるか指月にもわからなかった。

藤の雨がしだれる寝床で、指月は夕暮丸と酒を交わした。

その気配がまた希薄になっていることに、指月は気がついている。

ずいぶん迷った末に、指月はぽつりと問うた。

「……お前、大丈夫か」

夕暮丸がその緋色の瞳を、困ったように揺らす。

「おれも元は獣だからな。何百年も経てばいずれこうなるさ。……そのうちここにも、人が入ってくるようになるだろうな」

縄張りは人を迷わせるが、それは夕暮丸の力の強さに依《よ》る。飛助のように迷い込んでくるものが、この先増えてくるだろう。

夕暮丸が片眉を跳ね上げた。

「あんたも、あのころよりは弱くなった」

指月の大池はずいぶん形を変えられた。注いでいた川を切り離され、埋め立てられ堤を築かれ、浅く小さくなっている。

「あの男のせいだ」

指月はむす、とつぶやいた。

「あんたがしばらく入り浸っていた太閤《たいこう》とやらか。そんなに力のある男だったか」

夕暮丸に問われて、どうだか、と指月は苦いものをかみ砕いたような顔をした。

「あの陰陽師や町絵師には到底及ばない。おれが姿を現してやらなければ、何も見えん男だった」

だがまた違う力があった、と指月は思う。

術で人ならざるものと戦ったり、絵に魂を込めたりするような力ではなく——もっと大きなものを作り上げ、天下に示す力だ。

あの男の力は黄金に彩られ、混沌《こんとん》としていた天《あめ》の下をまとめ上げ、また滅ぼした。無邪気で華やかな人の営みを愛していたが、同じくらい残酷《ざんこく》に人を殺した。

人間と、指月のようなものたちの狭間に揺れていた男は、今思えば確かに少しばかりこの山犬に似ているのかもしれない。

だがそれもまた、ずいぶんと前の話だ。

結局男は、この世の春を言祝《ことほ》ぐような絢爛な花の宴《うたげ》を開いた後、あっさりと死んでしまった。

「……面白いものを、見せると約束したくせに」

指月は胸の内がざわりと波立つのを、酒と一緒に呑み下した。

「なるほどな。あんた、その男がいなくなってさびしいのか」

またその、さびしいか、と指月は鼻で笑ってやった。

その感情は人のものだ。

「約束したくせにと、腹が立っているだけだ」

そうか、と夕暮丸は笑っただけだった。

「それは、あんたと太閤が友だったたからかもしれないな」

友、と指月は眉を寄せた。それはこの間、飛助が言っていたものだ。

「おれたちには、いらないものだろう」

弱いものが助け合う時に使う言葉だと、指月は知っている。そう言うと、夕暮丸が肩を震わせた。

「ああ。あんたにもおれみたいなのにも、いらないと思ってたんだ」

夕暮丸の瞳が緋色に輝いている。その奥に指月はまた綺羅星を見た。腕を失い力を失い、瞳ばかりが力強く輝いて、人間の気配を纏っている。

「でも、今は悪くないと思う」

まっすぐに、己を見てそう言う。

指月が何か口を開こうとした、その時だった。

――夕暮丸が険しい顔をして、は、と顔を跳ね上げた。

強い風が吹く。湿度を含んだ夏の風だ。むっとした草いきれの中に、かすかに松明《たいまつ》の油が焼けるにおいがした。

「人が入った」

夕暮丸が音もなく立ち上がり、松の木の上に飛び上がった。指月が後を追う。夕暮丸は枝の上でしゃがみこんで、眼下を見下ろしていた。

木々の隙間に松明がいくつも揺れているのが見える。全部で十ほどもあるだろうか。

夕暮丸がぐる、と喉を鳴らした。

「――四橋堂の次男坊だ」

指月は目を細めた。

「よく見えるな」

さすが元は獣であって、夜目が利くのは指月より夕暮丸の方だ。松の枝から枝へうつるように走る夕暮丸の後を、指月も追う。

近づくにつれて指月にも、松明に赤々と照らし出されたその姿が目に入った。

古めかしい甲冑《かっちゅう》を身につけて、今時大きな弓を背負っている。

兜《かぶと》はなく、晒《さら》された髷の下の顔が興奮で上気しているのがわかった。

周りの男たちも、似たり寄ったりの格好だった。だがその意気だけは高く、松明をかかげながら東山を駆け上ってくる。

「……おいおい、まさか鵺でも退治に来たのか」

指月は思わず呆れた声を上げた。冗談のつもりだったが、案外そうかもしれないと思い直したのは、男たちの後ろを追ってきた飛助の姿をみとめたからだ。

ただ一人着の身着のままという体《てい》で、列に追いついては男たちの着物をつかんで、引き留めようとしているようだった。鬱陶しそうに突き飛ばされてはまた同じことを繰り返す。その頰が赤く腫《は》れ目の周りが紫に鬱血《うっけつ》している。したたかに殴られた痕であろうとわかった。

指月と夕暮丸がいないと見て押しかけたのだろうか。その時、飛助が東山にいる山犬のことを話したのかもしれない。

季節外れに咲く藤の花と——鵺の山犬のことを。

あの滑稽《こっけい》な男たちが鵺退治で名を挙げようと勢いがついてもおかしくはなかった。

指月は小さく嘆息して、傍らの夕暮丸を見やった。

「あれはお前を狩るつもりだぞ」

夕暮丸が呆れたように肩をすくめる。

「人間が、おれを？」

「これで成功したら、源頼政のようにのちに芝居になるかもしれん。芝居小屋の役者がお前を演じるかと思うと、それはそれで楽しみだな」

指月はくつくつと機嫌よく、喉の奥で笑った。

「面白がっている場合か」

夕暮丸が大仰に嘆息した。

どうせ夕暮丸の縄張りなのだ。こちらが先に気がついてしまえば、どうということはない。一晩中、山中をさまよって、そのうち飽きて帰るに違いなかった。

だが、その夕暮丸の眉が険しくひそめられた。

山中を分け入っていく松明は、まるで何かに導かれるようにまっすぐに――雨藤の場所へ向かっている。

どういうわけだ、と指月が首をかしげた時だった。

一行がぽかりと空いたあの場所へなだれ込んだ。

先頭は長時。古めかしい弓に、これまた古風な矢をつがえてあたりをうかがっている。

「……やめておけばいいものを」

人間というのは時におろかだと指月は、どこか人ごとのように思った。

そこから先は、獣の領分だ。

真横でうなり声とともに、炎がぱちりとはぜた音がする。

入ってはならない場所には、それなりの理由があるものだ。

例えばそこに咲く藤の花を――ことさら大切にする獣がいるとか。

周囲の温度が変わった。

夕暮れの緋色のような炎を纏った山犬が、眼下へ降り立つのを指月はじっと眺めていた。

宵闇の空にはぽかりと満月。

周囲を滲ませるその月白の光を、緋色が染め上げた。

「ゴオォォアゥ！」

夕暮丸が吠《ほ》えた。

「ぬ、鵺だ、出た！」

一行の半分は悲鳴を上げながら尻餅《しりもち》をつき、半分は持った武器を手になんとか山犬に対《たい》峙《じ》する。化け物退治を主張して来ただけあって、やる気だけはあるものだと指月は枝の上に腰を下ろして薄く笑った。

あれはうつろの鵺とは違うぞ、さて人の力でどこまで対抗できるものかと、指月は完全に観客の気分である。酒を持ってこなかったのが惜しかった。

それが伝わったのだろう。緋色の瞳がじろりとこちらを睨みつけてくる。

「う、うわあああっ！」

長時の裂帛《れっぱく》の気合いをもって放たれた矢は、夕暮丸の周囲を取り巻く炎に焼かれた。

ぺしん、と夕暮丸からすればごく軽い力で空を叩くと、その衝撃で長時たちが後ろに吹き飛んだ。

遊んでいるな、と指月は肩をすくめた。

あの陰陽師でもあるまいし、長時は多少腕に覚えがある程度の普通の人間だ。夕暮丸にとっても爪先で転がして遊ぶぐらいの存在だろう。

優しいことだと指月は目を細めた。

雨藤がそうであったからだ。

ここは彼女のために、夕暮丸が大切にしている場所だから。せいぜい遊んで、二度と来ない程度に脅かすぐらいだろう。

指月であれば自分の縄張り——大池でこんなくだらないことをされたら、機嫌によっては村ごと沈めるぐらいはするかもしれない。

縄張りの端で転がっている飛助に、声でもかけてやろうかと指月が思った時だった。

——ぞろり。

闇から溶け出したような気配がした。思わず枝から腰を浮かせる。

夕暮丸によく似ている。だがもっと闇を溶かしたような重い気配だ。膠と絵の具のにおい。あのうつろの鵺を、煮詰めたような——。

夕暮丸も気づいたのだろう。長時から跳びすさって、ぐるる、と牙を剝きだした。

端に転がった長時の懐から、どろどろと渦を巻く黒い煙が上がっている。それははっきりと空に線を描くような——まるで絵のような雲だった。

雲からその姿が現れる。

体は炎を纏った緋色の山犬。右腕を失った残り三本の足は虎。頭は赤ら顔の猿、尾の蛇がぎょろりと目を剝いて、赤い舌をひらめかせている。

鵺だ。

指月は枝を蹴って飛助の傍に降り立った。松明に照らされたその頰が痛々しい紫色に変色している。

「おい、絵師。あれはお前の描いた鵺か」

飛助が、指月をみとめてかくかくと首を縦に振った。

版刷りの大量生産の、うつろの鵺とは密度が違う。あれは肉筆画の鵺だ。

「下絵は処分されたんじゃなかったのか」

すみません、すみませんと、飛助は小声で囁くように謝っている。

地面に頭をこすりつける勢いだった。

「あれは……わたしが描いたんです……描かされたんです」

飛助が懐から、くしゃくしゃになった和紙の小さな破片を溢れさせた。それは完成したばかりの、雨藤と夕暮丸の絵であるはずだった。

「守ろうと、思たんです……」

指月と夕暮丸が来なくなってすぐ。乾いた絵を手に表装を始めようとした飛助のもとに、長時時たちがやってきた。二人が来なくなったのを見はからったかのようだった。要件は同じ。緋色の鵺と長時の絵姿を描けと言う。したたかに殴られ、それでも諾《だく》と言わなかった飛助に、それならばと完成したばかりの絵を長時は手に取った。

それを破り捨てると言われれば、従う他なかったのだ。

……その絵を大切に思う人がいると、飛助は知っていたから。

飛助は筆を執った。

宵闇に浮かぶ月と夕暮丸を元にした緋色の鵺。そうしてそれと対峙する長時の絵。それを渡すと、長時は今度は夕暮丸の絵と、手にしていた藤の絵に描かれている山犬が似ていると言い始めた。

結局殴られるなかで飛助はとうとう、東山に化け物が棲んでいて、それに行き会ったのだと話してしまったのだ。

「……すみません」

痛々しく腫れる飛助の顔を見れば、夕暮丸はたぶん笑って許すだろうと指月は思った。くしゃくしゃになった和紙は、長時に破り捨てられたあの絵だ。それでもなお、夕暮丸に届けようと思ったのだろうか。

水張りを無理張り引き剝がしたのだろう。毛羽《けば》だった和紙の断面から絵の具が剝離している。この絵を夕暮丸は楽しみにしていた。

絵の中の己は、雨藤と見つめ合っていられるのだ、と。

「あとで、その絵を渡してやれ」

指月はそれだけ、ぽつりとつぶやいた。

空を覆う黒灰《こくかい》の煙の中、現れた鵺と夕暮丸が互いに睨み合っている。そのどちらも――雨藤を求めているのだ。

だから鵺退治の一行は、夕暮丸の縄張りに入ることができたのだろう。

結局肉筆画として描かれたその鵺は、力強さも版刷りのものとは比べものにならない。

そしてそれは夕暮丸の本質をわずかながら受け継いでいる。

だとすれば、雨藤のもとに来られないはずがないのだ。

「グゥアアアアア！」

夕暮丸が吠えた。先ほどまでの鼠をなぶるような獣らしい遊びの声ではなく、獲物《えもの》を定めたそれだ。

後ろ足が柔らかに地面を蹴る。鵺に向かって喰らいついた。

猿の顔をした喉元に牙を立てて、宙から引きずり落とす。

どう、と地面に転がった鵺は驚くほど素早く身を起こして、虎の前足で夕暮丸の頰をしたたかに殴りつけた。

二匹の獣が組み合って、地面を転がっている。

土煙があがり木立がへし折れては、バキバキと音を立てながら倒れていった。人間たちは弓や木刀を手に呆然《ぼうぜん》と見守っているだけだ。

あれは己と戦っているのだな、と指月はそう思った。

鵺は藤の花を求めている。

その姿に夕暮丸は、焦がれて焦がれて雨藤のいう心を失って、獣に成り果てた己を見ているのかもしれない。

──橋本長時には、できのいい兄がいた。

それも長時より十三年も早く生まれ、長時が物心ついた時には、すでに家の商売を継ぐことが決まっていた。

父も母も長時をかわいがった。次男なのだからどこかに婿《むこ》として出そう、商売を覚える必要もないからと。それは裏返せば、だれも長時に期待していないということだった。

兄は優秀だった。商売相手や近所の評判も良く、いつも比べられてはあの弟はと気の毒そうな目が向けられるのだ。

己の価値を見失ったまま、長時は祇園の女におぼれ芝居にのめりこんだ。

荒事が得意な仲間が増えて、徒党を組んで町を歩くのは心がすいた気分になった。肩で風を切って往来を歩くのは、えもいわれぬ優越感があった。

ある春の夜。祇園の茶屋で呑んでいると、化け物が出たと騒ぎになった。走り出て見れば壺庭で、得体の知れない獣がぐるぐると唸っている。

「鵺や！」

だれかが叫んだ。

それを叩き伏せたのは長時と仲間たちだ。わけもわからぬまま女たちにはやし立てられて、大勢で囲んで手当たりしだいに、あたりにあるもので殴りつけた。

鵺はいつの間にか消えていたが、代わりに女たちからの歓声が待っていた。

諸手《もろて》を挙げて感謝され、浴びたことのない賛辞を浴びた。

いつもはどこか馬鹿にしたように長時を見ていた女たちの瞳が、まっすぐに己を見つめている。

それはたまらない高揚感だった。

女が四条北側芝居の源頼政のようだと言うから、長時は実家のつてをたどって絵師を探した。この自分の姿を絵にしておけば、あの高揚を忘れることはないだろうと思ったのだ。

だが何度頼んでも、絵師は首を縦に振らなかった。

やがて絵師の町屋に、奇妙な男たちが入り浸るようになった。その男たちはずいぶんとくだけた格好をしていて、絵師の仲間にも見えなかった。

だが長時と仲間たちがどれだけ囲んでも、遊ぶようにあしらわれて終わってしまう。それにひどく腹が立った。

あの――人間のものとは思えない、黄金色の瞳に見下ろされると、何も価値のなかった己を心の中からえぐり出されるような気がした。

男たちがいるうちは屋敷に入ることもできなかった。

長時は焦り始めていた。藤が散るにつれて、鵺の噂は下火になっていく。女たちのあの視線も、すっかりもとどおりだ。

藤の花が終わるころ。男たちの出入りがなくなったころを見計らって、長時は飛助のもとを訪ねた。

美しい藤の花の絵があって、それは訪ねてきた男の片割れから依頼されたものだという。己の絵は請け負わないくせにと思ったら、さらに腹が立って、したたかに殴りつけてやった。

藤の絵を脅しに使って絵師に絵を描かせた。そこに描かれた奇妙な山犬が、鵺の姿に似ていて、もう少し殴ったら、涙と鼻水混じりに絵師がぼそぼそと話した。

東山に美しい藤が咲く場所がある。そこに緋色の毛並みを持つ山犬がいて、その藤を守っているのだと。

長時の心は沸き立った。

そうだ、もう一度鵺退治をしよう。

そうすれば父も母も兄も、祇園の女たちもみな、またおれを見てくれる。

おれは価値あるものになるのだ。

「──行こう。鵺退治や」

飛助の悲鳴を聞きながら、長時はその藤の絵を破り捨てた。

腕には覚えがあった。祇園の鵺も退《しりぞ》けることができたし荒事には慣れている。

仲間たちとともに武器もそろえ、赤々と松明を焚《た》いた。これならば鵺がどれほどの化け物であっても、倒すことができるに違いないと。

そう思っていたのだ。

だが、と長時は目の前の光景から、目が離せないでいた。己の懐から抜け出た化け物が、山犬の化け物と戦っている。

弓はすでに黒く焦げて使い物にならない。腰に差した木刀を抜こうとしたが、手が震えて握れもしない。

得体の知れないものに相対した恐怖が、遅まきながらその身を浸していく。

「——分をわきまえろ、人間」

真上から月の光が降り注いでいる。

ああ、違う。これは瞳だ。冷たく硬質の、金色の光をたたえている。

肩につくほどの白銀の髪、薄藍色の着物の裾には蓮の花が入っている。絵師の屋敷に来ていたあの男だ。

人の姿をしているのに、今ははっきりとわかる。

これは化け物だ。

白い手が長時の首に伸びた。どういう力をしているのか、そのまま、と持ち上げられる。月の瞳が鵺を押さえつけている山犬を向いた。

「あの山犬は人間に優しいが、おれはそうでもないんだ」

ギシ、と手のひらに力が籠もる。息ができない。

それほど力を込めているようにも見えないのに。小さな虫けらのように、おれは殺されるのだと、そう思った。

「──だがここはあいつの縄張りだから、おれもそのようにする」

何がおかしいのか、肩を震わせて笑った化け物は、長時をどさりと地面に投げ出した。

ちょうどその時。

視界の端で、山犬が大きな口を開けた。喉の奥から炎がほとばしっている。

「あれは腹まで炎を喰らった山犬だ。あれはどうやら、お前が破り捨てた絵がたいそう気に入っていたそうだ」

町絵師が必死で地面の和紙を拾い集めていた。あれは、おれが破り捨てた藤の絵だ。

それを一瞥《いちべつ》した山犬は、鵺の首に牙を立てた。

ごきりと何かをかみ砕くひどい音がした。

びくりと一度けいれんして、それきり鵺は動かなくなった。

黒い雲はうっすらと散らされ、ほの青い月の光が差し込んでくる。山犬の吐いた息に炎が混じる。ちらりとそれが、長時の頬を舐《な》めた。

緋色の瞳がぎろりとこちらを見たのを最後に、長時の意識はぷつりと途切れたのだった。

4

広大な水鏡に波紋が落ちる。蓮のつぼみはぐうと天を向いて、今にもはち切れんばかりに暁を待っている。

水面には散った蓮の花びらがゆらゆらといくつも浮いていた。もう蓮の季節も終わりを迎える。

指月は片眉を跳ね上げて、水面に降り立った男を迎えた。夕暮丸だ。

あれからふた月ほどが経ち、すでに夏も盛りを終えようとしている。京の夏はこの期《ご》に及んで朝晩も容赦《ようしゃ》なく暑く、明け方でもじんわりと汗ばむほどだった。

「四橋堂の次男坊が、大坂に奉公に出されたそうだ」

開口一番そう言われて、指月はわずかに首をかしげた。

なんだかそいつがあたかも知り合いであるかのように言われたが、その男がだれだったか一つも思い出せない。

眉を寄せて宙に視線を投げていると、夕暮丸が呆れたように、あんたなあ、と言った。

「あんたが散々脅した男だよ。鯉の羽織を着た」

「ああ、あれか」

そう言ってみたものの、そんなのもいたな、と指月にとってはその程度である。鯉の印象が強く、とうとう最後まで顔は思い出せずじまいだ。

「……本気で忘れてたな」

あの夜、東山に乗り込んできた男たちは、気を失った長時を引きずって這々《ほうほう》の体で逃げていった。そしてその顛末《てんまつ》を散々に京で吹聴したらしい。

「明け方まで山犬に追いかけられたとか、家が焼かれたとか化け物に嚙られたとか、殺されそうになったとか、京では言いたい放題言われてるぜ」

水面にあぐらをかいた夕暮丸は、まったくと頬杖をついた。指月がふんと一つ唸る。

「それぐらいの方がいいんじゃないのか。物見遊山で化け物退治とのたまう馬鹿が減る」

「それもそうか」

夕暮丸はなるほど、とうなずいて、袂《たもと》から数枚の錦絵を取り出した。

「四橋堂が、新しい錦絵の連作を出したんだ。京の怪談を集めた連作だとさ」

いわゆる一枚絵の連作ものだ。ほら、と投げ渡されて、指月はわずかに目を見開いた。

一枚目は鵺である。伝承通りの緋色ではないそれに、指月はふと笑った。

大江山《おおえやま》の鬼、京のすべてをうつす水鏡、柳幽霊、貴船の女鬼……どれも鬼気迫るほどの迫力で描かれていた。

その中の一枚に、指月は目を留めた。

左上は雨の後だろうか、薄暗い空から淡い光が差し込んでいる。

その空から、藤の花がしだれていた。

右下は一転して鮮やかな緋色が彩っている。炎を纏った獣が、積み上がった屍《しかばね》の上に立っていた。右の前足だけが失われている。

「――東山には炎を喰った山犬がいる。その藤に手を出せば食いちぎられるぞ、だと」

それはなるほど、迫るような恐ろしさだった。これでは見物気分で藤の花を探す者もいなくなるだろう。

極印《きわめいん》や四橋堂の印の他に、絵師の名前が入っている。

吉楽飛助と。

「あの絵師なりの礼だろうさ」

夕暮丸が笑った。

その錦絵には、わずかに夕暮丸と雨藤の本質を感じる。下絵の肉筆画は残っていないだろうが、もし残っていたとしても、二人こうして傍にいるのだ。

もうこの山犬も、絵から抜けることはないだろうと指月は思った。

暁が訪れる。東の山の端を朝日が焼く。燃えるような朝焼けだった。

「あの絵は残念だったな」

指月はぽつりとそう言った。長時に破り捨てられた、夕暮丸と雨藤の絵だ。

夕暮丸がどこか遠くを見つめて言った。

「……どうせ、本物ではない」

その瞳はどこまでも昏い色をしている。

「……少し眠る」

ああ、と指月は焼けるような暁を見つめながらうなずいた。

胸の奥が静かに痛む。

あの町絵師の言葉が、耳の奥で聞こえたような気がする。

――まるで、友ができたようでした、と。

「起きたら、また顔を出せ」

気がつくと、指月はこぼれるようにそう言っていた。

夕暮丸はわずかに目を丸くして。そうして、一つうなずいて、山に帰っていった。

緋色の暁に、ぽつりと蓮の花が咲く。

閑話　二

雪はその暴力的な勢いをやや弱め始めた。空からゆっくりと降りる雪片は大粒で軽く、風に吹かれてふわふわとあちこちに飛んでいく。

雲が流れて明るくなり始めた空が、じわりと夕暮れの橙《だいだい》色に染まり始めているのがわかった。

ひろはシロの手元にある錦絵《にしきえ》を、じっと見つめた。

屍《しかばね》の山の上で、藤《ふじ》を守るように山犬が咆哮《ほうこう》を上げている錦絵だ。吉楽飛助《きちらくとびすけ》という絵師が連作の中に交ぜた、夕暮丸《ゆうぐれまる》と雨藤《あめふじ》の絵である。

「でもこれって、肉筆画やろ。下絵は残らへんのとちがうんか?」

ひろの隣から拓己《たくみ》が顔を出して、そう問うた。

版画絵の下絵が残ることはあまりない。黒一色の墨絵《すみえ》で描くことがほとんどで、鮮やかに色彩されたものもあまり見ないそうだ。

「おそらく、二枚あったんだろう」

シロがゆっくりと指先を錦絵にすべらせた。シロたちがあのころ見た錦絵の、下絵になったものと、飛助が別に描いたこの肉筆画と。

この絵は、あの夜破り捨てられてしまった美しい藤の絵の代わりに、飛助が描いたものなのだろうとシロは言った。

「あの絵師は、肉筆画を渡すつもりだったんだろうが、あの山犬はまた東山に引きこもって、縄張《なわば》りに人を寄せつけなかった」

だから飛助は、あれから夕暮丸と会うことができなかったのだ。

そうしてこの錦絵だけが残った。

時を経《へ》てひっそりといくつかの人の手を渡り、やがて大学の地下書庫に収められたものを、ひろが持って帰ってきたのだ。

「なんていうか、縁なんやろうなあ」

拓己が感心したようにつぶやくのを聞きながら、ひろはじっと桐箱《きりばこ》を眺めていた。

これは本当に縁なのだろうか。

ひろが使う資料にこんな錦絵はなかった。だれが持ってきたのかもわからない。いつの間にかひろの紙袋に紛《まぎ》れてしまった。

そうして――シロのもとへたどり着いたのだ。

「この絵が勝手に書庫からついてきたみたいだ」

ひろはそうぽつりとつぶやいた。

まるで、だれかに向かって手を伸ばしているかのように。

シロが唇の端をわずかにつり上げた。その指先がひろの頬《ほお》をそうっとなぞる。

「ひろが、自分の声を聞いてくれるものだと、きっとわかったんだ」

シロの金色の瞳が、ひろをとらえた。いつも硬質に輝いている月と同じ色の瞳は、ひろを見る時だけとろりと蜂蜜《はちみつ》のように溶けるのだ。

じっと見つめていると、いつも吸い込まれそうになってしまう。

それを遮《さえぎ》るように、拓己《たくみ》の大きな手がぱっとひろとシロの間に入った。ひろが思わず顔を上げると、視線の先で拓己がむっとした顔をしている。

「……あんまりひろに触んな」

シロがにやり、と笑う。

「人間の女は、嫉妬《しっと》深い男は嫌いなんじゃないのか」

拓己が、ぐっとつまった。ばっとひろの方を向く。

「…………どうなんや、ひろ」

「えっ!?」

突然、話が自分の方へ飛んできて、ひろはあわてた。

ぶわ、と顔に熱が上るのを感じる。

だってその言い方では、まるで拓己が……ひろのことをとても好きみたいだ。

しばらくあわあわとしていたひろだが、すぐに今日の日付を思い出して一気に冷静になった。

「わたしバレンタインすら用意できなかった、彼女なのに……」

これでは彼女として、まだまだだ。ここからなんとか挽回《ばんかい》を図らなくてはいけない。

足りないものもできないことも、たくさんあることはもういいのだ。それがわたしだとわかっている。

「もう気にせんでええて」

拓己がそう言って笑ってくれるのも、きっと本心だとひろにだってわかる。

でもひろが、足りないことをそのまま諦《あきら》めたくないだけなのだ。

「わたしががんばりたいんだよ、拓己くん」

そう言うと拓己が一瞬目を見開いて。そうして、仕方がないなあとその大きな手でくしゃりと頭を撫《な》でてくれるのだ。

このあたたかさが、やっぱりひろは大好きだ。

――シロは目を細めてそれを見やった後、ふんと鼻を鳴らして立ち上がった。

縁側に続く掃き出し窓を引き開ける。冬の凍《い》てつく風と、ふわりと軽い雪片が舞い込んできた。

ひろと拓己を見ていると、胸の奥がきゅうと痛むことがある。哀《かな》しいとかさびしいとか、――愛《いと》おしいとか。それに名前がたくさんあることも知っている。

絵を持った反対の手で、シロは無意識に胸をとん、と叩いていた。

人はここに、心を持っている。

どうやら己にもそれがあることを、シロはようやく知った。たぶん、ずっと前からここにあったのだ。

己の棲《す》み家に美しい蓮《はす》が開く時、愛おしいと思っていたのはここだ。

人の作った美しいものを愛《め》でる時、どこかわくわくと高鳴っていたのもここだ。

己の棲む池が埋め立てられてなくなってしまった時。人が指月《しげつ》を忘れていってしまうと知った時。

どうしようもない静寂に、たった一人でたたずんでいる時。

胸の奥にぽかりと空いたうつろの正体も、ここだ。

それは、たぶんさびしいという。

心は時にままならなくて、荒れてどうしようもなくなることもある。けれどいつだって瑞々《みずみず》しく色鮮やかで、綺羅《きら》と輝く星のようにたまらなく美しい。

おれは千年経《た》って、ようやくその正体を知ったのだ。

外はすでに夕暮れを迎えていた。

東から夜がやってくるのがわかる。流れていく雪雲が静かな紫紺《しこん》、紫に彩られている。西にいくにつれて橙色と茜《あかね》色が混じり合い、あちこちに積もった雪を夕日が染め上げていった。

燃えるような緋《ひ》色のたそがれだった。

どこかでくすくすと笑う声がした。シロの持つ絵の中からだ。

「……ひろなら、ここまで連れてきてくれると思ったんだろう」

跡取りの言うように、それは確かに縁なのかもしれない。

その絵は、吉楽飛助の肉筆画。描いたものの本質をとらえ、魂をうつし取ってしまうほどの腕を持つ絵師だ。

版画絵と肉筆画の二枚描くなら、美しい陽光の中で雨藤と向き合っている夕暮丸を、もう一度描いたってよかった。けれど飛助はあの東山の夜の出来事を経て、それは違うと思ったのかもしれない。

結局、この怪談じみた絵が夕暮丸と雨藤の本質なのだ。

夕暮丸はどうしようもなくあの藤の花に執着していて、雨藤はただそれを空から降り注ぐ雨のように、優しく覆《おお》い包んで見つめている。

その魂《たましい》のほんの小さな欠片《かけら》が、この絵にも宿っている。

「――会いたいんだろう。呼べ、雨藤」

シロの手の内でかすかな、けれど確かに声がした。まつむしの鳴く声のような愛らしく、水面に雫《しずく》が落ちるような、静かでいてよく通る声だった。

季節外れの藤の香りがする。


――夕暮丸。

三
緋色の京

1

空はずいぶん前から薄い橙《だいだい》と、紫を混ぜたような色に染まっていた。

東の山の端《は》が一瞬、炎に炙《あぶ》られたかのようにゆらりと揺らぐ。それは稜線《りょうせん》をくっきりと描き出し、次いでまばゆい光ですべてをやや赤混じりの黄金に染め上げた。

暁だ。

どこかでほんのわずか、空気のはじけるような、ぽん、という音がした。

蓮《はす》の花の開く音だった。

白、薄桃色、淡い赤、そして、炎のような紅《くれない》に染まる蓮の花が、夜明けとともにいっせいに花開く様は壮観だった。

指月《しげつ》の棲《す》む大池は、この夏も蓮の時季を迎えている。

朝焼けの水面《みなも》を、蓮見や漁師《りょうし》たちの舟が波紋を描きながら静かにすべっていく。大池の朝だった。

——その夏は奇妙な夏だった。

たまに京《みやこ》に降りると、時折ぎょろりとした目の男たちとすれ違うことがある。

町衆に交じったり刀を下げたりしているが、みな一様に何かに浮かされたように、その目がギラギラと光を帯びているような気がしていた。それが一人や二人ではない。

ここしばらく、京の中には独特のにおいが満ちていた。

何度も目の前を通り過ぎていった、人の世の、政《まつりごと》や営《いとな》みが大きく変わる時のにおいだ。

それはたいてい――ひどく生臭い血のにおいをしている。


指月はここしばらく、京にあまり降りることもなく、大池で静かに過ごしていた。

気が向けば人の姿になって花を愛《め》でるし、気まぐれに蓮見舟に交じってみたりもする。そうでなければ大池の底でまどろむか、夜な夜な月を肴《さかな》に酒を呑《の》む。

大池の中でも蓮の開く季節は指月のお気に入りだったし、池の底でとろとろまどろみながら、移り変わる空の色を眺めるのも嫌いではなかった。

大池に知った顔が訪れたのは、そんな時だった。

気配を察して人の姿で出迎えた指月の前に、それは降り立った。

炎のような緋色の髪と瞳、黒い小袖《こそで》を着流してその袖《そで》で失った右腕を隠している。男はややつり目がちの目を細めて笑った。

「よう、指月」

東山《ひがしやま》に棲む山犬、夕暮丸《ゆうぐれまる》だった。

「何年だ？」

問われて指月は肩をすくめた。

「五……六十年か」

最後にその顔を見てから、それほど時は経《へ》ていない。だが、と指月はその月と同じ金色の瞳をわずかに細めた。

夕暮丸の気配はひどく淡く、希薄になっている。たった数十年で急速にその存在を失い始めているように見えた。

「まだ人に化けるぐらいはできるんだな」

こういう時に気遣うことを指月はしない。だが胸の内がまた妙にざわついたのがわかった。夕暮丸がにやりと笑う。

「あんただって、千年前に比べたら小さくなったぜ」

指月の大池は長い時間の中で、姿を変え続けてきた。人の手によって削られ曲げられ、川から切り離されたところもある。

それは確かに指月の力を奪ったが、指月の本質は水神だ。

都の地下深くに蓄えられた大きな水盆と大池に注ぐ川と、それに対する恐れと祈り。そして映し出される美しい月。それが指月だ。形が変わっても大きく損なわれることはない。例えば池のすべてを、忘れられでもしないかぎりは。

だが夕暮丸は違う。山を焼いた炎をその身に呑んだ、元はただの獣《けもの》だった。

夕暮丸は残された左手で短い髪をかきまぜた。

「おれもただの山犬にしちゃあ、よく持った方だと思うんだけどな」

元が獣の身にしてみれば破格の寿命《じゆみよう》だと、夕暮丸はからからと笑った。

夕暮丸のこの気配の薄さは、この時の流れだけではないと指月は知っている。

「雨藤《あめふじ》はまだ咲いているか」

そう問うと、夕暮丸がわずかに目を見開いて。そうして、ああとうなずいた。

夕暮丸は東山の縄張《なわば》りで、八百年近く雨藤の花を咲かせ続けている。枯れてしまうはずの花に力を与え、いつかまた人の姿になることを夢見ている。

それがかなわぬ儚《はかな》い夢だと知りながら。

あの藤に雨藤の魂《たましい》はほとんど残されていない。近いうちに夕暮丸は滅び、そして力を失った雨藤もやがてともに枯れてしまうだろう。

それでいいのだと、指月はそう思う。

この緋《ひ》色の山犬は、雨のように降る藤《ふじ》の下で静かに眠る時をずっと待っているのだと、指月はそう思っている。

「おれはいつだって、雨藤を一人にはしないんだ」

それはいつもの夕暮丸の言葉だったが、指月はすっと眉を寄せた。どこか奇妙な違和感があったからだ。

だがその理由を探る前に、夕暮丸が続けた。

「――あんたに頼みがあるんだ」

指月と同じように水面にあぐらをかいて座った夕暮丸が、そう言った。

暁の橙色が薄くなり、空が抜けるような青に変わり始めている。

夕暮丸はここしばらく、二条通《にじょうどおり》近くにある小さな宿に世話になっているという。

少し南には高瀬川《たかせ》が流れ、荷の積み卸《おろ》しや舟を回転させる場所である、舟入が点在している。大坂や江戸からの商品を扱う問屋や材木屋、藩邸や公家《くげ》の邸《やしき》などがひしめき合う場所だった。

「あのあたり最近、火付けが流行《はや》ってるんだよな」

火付けとはつまるところ放火である。

火事と喧嘩《けんか》が華なのは江戸の町だけではない。京も木造の町屋が密集する造りであるため、火事は天敵だった。

「その宿も火付けの標的にされていてな。宿の人間に、付け火犯を捕まえてくれと言われた」

手伝ってくれ、と夕暮丸が言うものだから指月はぎゅう、と眉を寄せた。

「……それは奉行所《ぶぎょうしょ》あたりの仕事だろう」

少なくとも水神や山犬がやることではないと、指月は呆《あき》れたように肩をすくめた。

どうせまた雨藤なら、などと気軽に引き受けたに違いない。こいつはそういう山犬だと指月はもう知っている。

「断る。おれには関係がない」

指月がふい、とよそを向くと、夕暮丸が視線の端で苦笑したのがわかった。

「指月」

妙に真剣な声音《こわね》で呼びかけられて、指月は夕暮丸を見やった。

その瞳がまっすぐに、指月をとらえている。

瞳は言葉よりずっと雄弁だ。今の夕暮丸の瞳は、人のことを語るあのあたたかい色ではない。餓《う》えたような、獣の緋色が宿っていた。

「――頼む」

その緋色が、深く昏《くら》く染まっていく。

指月は思わず伸ばしかけた手を、寸前でぴたりと止めた。口をつぐんでやがて肺の底から深く息を吐く。

「……美味《うま》い酒」

そう言った途端、夕暮丸が破顔したのがわかった。

「うれしいな、久しぶりにあんたと酒が呑めるんだ」

「おれは酒を呑みに行くだけだからな」

決してやっかいごとを手伝ったりしないし、夕暮丸のように人間に肩入れしたりもしない。……この山犬の昏い瞳を心配したりもしないのだ。

ただ──例えばその残された左腕が、己に向かって伸びてきた時。

その手をつかんでやれる場所にいてやっても構わないと。ほんの少しばかりそう思っただけだ。

「なら行こう」

立ち上がった夕暮丸が、腰ほどの高さで咲いている大池の蓮をふと見下ろした。

花びらの先端からじわりと赤に染まるもの、真白のもの、赤く燃える炎のようなもの。

どれもがまぶしい朝日を浴びて、目一杯に花を広げている。

夕暮丸が、目の前に開いている赤い蓮にそっと触れた。

「指月、これ、一つもらってもいいか？」

「勝手にしろ」

そう言ってやると、夕暮丸がその蓮を茎の半ばから折り取った。

半分ほど開いた瑞々《みずみず》しい花びらから、たっぷりと溜まった朝露がぱしゃりと零《こぼ》れ落ちる。それが大池の水面に美しい波紋を描いた。

そういえば、いつだったかこの山犬が言っていたのを思い出した。

蓮の花の咲く季節に、雨藤とともに大池に蓮見にやってくると。雨藤がいつか蓮の花が咲くのを見てみたいと言ったのだ。二人が人の姿で笑い合っていた、何百年も前の話だった。

「雨藤に持って帰ってやるのか？」

そう問うと、夕暮丸がうれしそうにうなずいた。

「ああ。雨藤は花を持っていってやると、笑ってくれるんだ」

その時、指月はずっと感じていた奇妙な違和感の理由に、ようやく思い当たった。

香りがしないのだ。

雨の降るような藤の下で眠っていたから、この山犬からはいつも藤の香りがした。だがそれがひどく薄い。

背を向けた黒い着流しに、指月は眉を寄せた。

ああ、京の血のにおいにかき消されそうだ。

2

京の市中は浮き足立った雰囲気に満ちていた。往来を行く人々がみな笑い、活気ある熱を帯びている。指月が不思議そうに首をかしげていると、夕暮丸がはは、と笑った。

「――今日は宵山《よいやま》だぞ」

京は祇園会《ぎおんえ》の真っ最中である。

鴨川《かも》を渡った先、祇園社《ぎおんしゃ》の祭で京の夏を彩る一大行事だ。

市中にはすでに山や鉾《ほこ》が建てられていて、その華やかさを存分に誇っていた。

指月と夕暮丸が降りたのは、四条通《しじょうどおり》と烏丸通《からすまどおり》の境目にある大店《おおだな》の屋根だ。そこからは天に堂々と伸びる巨大な長刀《なぎなた》の鉾頭《ほこがしら》が見える。

長刀鉾《ほこ》だ。

四つの大きな車輪の上に縦長の胴が乗っている。屋根から伸びた長い真木《しんぎ》の先端には、巨大な長刀が鉾頭として天に伸びていた。

胴《どう》掛や前掛《まえ》は極彩色に彩られ、そこだけ目に映えるような鮮やかさだった。

そこから西には函谷鉾《かんこほこ》、月鉾《つきほこ》、菊水鉾《きくすいほこ》、鶏 鉾《にわとりほこ》の鉾頭も家々の屋根の間から突き出しているのが見えた。

木の柵で囲まれた鉾の周りを、覆《おお》い隠すように提灯《ちょうちん》が吊り下げられている。夜になれば火が入れられ淡く通りを照らすのだろう。

周囲の家々にも提灯がぶらさがり、幔幕《まんまく》が張られている。宵山であるから、鉾町《ほこまち》の家はみな座敷を開放し、屏風《びょうぶ》や家財一式を並べて祭の準備をしているのだ。

遠くからの風に乗って、どこからか笛と鉦《かね》の音が響きわたった。囃子《はやし》方の練習だろうか。ぴぃーと高い笛の音に、コン、コンと遠慮がちに打たれる鉦の音が交じる。

このじっとりした時期には珍しく、風の強い日だった。錦《にしき》の布が、風をはらんでぶわりとたわむように波打つのが見えた。

「……祭か」

指月はぽつりとつぶやいた。

町衆はみな、やれ提灯だ、幕だ、宴会だ、酒だ、仕出しだと忙しそうに走り回っていた。往来の人の顔はみな明るく、祭を待ち望んでいるように見える。

独特の熱が京を満たしている。

指月は眼下を見やって、わずかに目を見張った。

人の喧騒《けんそう》の間に、あのギラギラとした目の男たちが交じっている。

町衆の格好をした者もいれば、二本差しで羽織袴《はおりばかま》の武士然とした者もいる。そうかと思えばざんばらの髪に汗と埃《ほこり》をなすりつけたような者もいて、どれも妙にギラギラとした目つきだけが似通っていた。

「ああいうのが今、京のどこにでもいるんだな」

指月が指した先を見て、夕暮丸が皮肉気に口元をつり上げた。

「江戸に外《と》つ国《くに》の船がついて、しばらくしてから増えたんだ。あの時は江戸でも京でも、蜂《はち》の巣を突《つつ》いたような大騒ぎだった」

人の世では、どうやら天地がひっくりかえるような一大事が起こっていると、夕暮丸はそう言った。この山犬は相変わらず妙なところで、人の世に詳しいのだ。

いくらか前、外つ国の大きな船が江戸のほど近くにやってきた。今まであまり外つ国と関わろうとしてこなかったこの国に、国を開けと言ったそうだ。

「ひとまず外つ国と話し合おうという者と、いやさっさと追い出してしまえという者との間で世はおおむね二つに分かれている」

はあ、と指月は気の抜けた相づちを打った。夕暮丸がしたり顔で続ける。

二つに分かれたとはいえ、当然どちらも一枚岩というわけでもないそうで、それに権力争いが絡んで、江戸と京を中心に世はおおいに荒れた。

「江戸でも京でも結局は斬ったはったの大騒ぎだ。少し前までは京も、夜になればだれかが斬られるという具合だったんだと」

ここ一年ほどは落ち着いていたそうだが、その事件は昨夜起こった。

「昨夜、三条《さんじょう》の旅籠《はたご》で騒動があった」

その旅籠に浪士たちが集まり、なにやら企《たくら》んでいたそうだ。過激な攘夷《じょうい》派──外つ国を追い出す派閥《はばつ》の浪士で、それがいっせいに捕縛された。

夕暮丸が続ける。

「なんでも、京と帝の住む御所に火をつけるつもりだったんだとさ」

京に火をつけて騒ぎを起こし、その隙《すき》に敵を一掃する。どうやらそういう計画だったのではないかと町では囁《ささや》かれていた。

過激な攘夷派の中心となったのは、長州藩の志士たちだ。

長州藩は先年権力争いに負け、意を同じくしていた公家たちとともに、大半が京から追い出された。それから、京での権力の奪還を図っているようであった。

物騒なことだ、と指月は屋根の上にあぐらをかいて、酒を呷《あお》った。

だからこんなに血のにおいが満ちているのか。

夕暮丸がどこか呆れたように肩をすくめた。

「これだけ世が荒れても、祭はいつも通りやってくるんだな」

祭の喧騒と囃子を運ぶ風に、どこかあの血のにおいが混じっている。

男たちが持つあのギラギラとした熱は、祭のそれに混じって、この京にどこか昏い色を落としているように見えた。


——その宿は祇園会の喧騒からはやや遠い二条通より少し北の、河原町通《かわらまちどおり》に面する場所にあった。広い二階建ての旅籠だ。

元は高瀬川を遡《さかのぼ》ってきた曳子《ひきこ》や、商人たちのために茶などを出していた小さな店であった。それが今は旅籠として営業している。

屋号は『丸水屋《まるみず》』。木戸には大きな丸に一文字が染め抜かれた提灯が下げられていた。

往来を歩く間に、夕暮丸も指月も人に交じるようにその髪と瞳を黒に変えている。髷《まげ》は結っていないが、最近の京ではそれもそれほど目立たなくなった。

旅籠の中は縦に長い町屋の造りで、一階には四部屋、二階には八部屋が設けられている。

細い通り庭で繋《つな》がった、かつては蔵だったのであろう奥の間が、離れとして一部屋作られていた。そこが夕暮丸の部屋らしかった。

夕暮丸は障子《しょうじ》を開け放って縁側に座り込んだ。そこにはあらかじめ頼んでおいたのであろう、盆に徳利《とっくり》と猪口《ちょこ》がのっている。

障子の向こうには、大きくはないが美しい庭が広がっていた。

どの季節も楽しめるようにだろう、梅と桜と紅葉《もみじ》、端に椿《つばき》を配し、今はそのどれもが青々とした夏の色をしている。陽光に照らされて緑が濃さを変えて揺れるのが、ひどく美しかった。

庭を横切るように石畳《いしだたみ》が敷かれ、その真ん中に小さな池がある。大きな桶《おけ》ほどの池で、その水面は静かに凪《な》いでいた。

そこに木札が立てかけられているのが、縁側からでも見ることができた。

──『水鏡』と筆文字で書かれている。

「お前も、見たことがあるだろう」

夕暮丸が酒の盆を引き寄せながら言った。

「飛助《とびすけ》の描いた連作の錦絵《にしきえ》だ。怪談話だよ」

何十年か前、町絵師である吉楽《きちらく》飛助が手がけたその錦絵は、大変な人気を博し度々版を重ねていた。

今ではもう手に入れることはないが、後を追うように同じような連作が今でも摺《す》られているのを指月も知っている。

水鏡は、その中に描かれた怪談話の一つだ。

「その池は古く、水が湧いているわけでも川と繋がっているわけでもないのに、何百年も濁らない池だそうだ」

夕暮丸が猪口から酒を呷った。

「凪いで水鏡になったその池には、その水が見つめ続けてきた昔と、これから過ごすであろう先の時がうつるんだとさ」

「昔とこの先ね……」

指月は隠しもせずに、うさんくさそうに眉を寄せた。

かつては京の外れ、荒れ果てた地にぽつりと残された池であったが、時代を経て木之家《きのや》が邸を構え、以来守り続けているそうだ。

だがこの池が、特に商売人にはえらく評判なのだという。先の儲《もう》け話を予見できると噂《うわさ》になり、それは大坂や江戸まで響いている。水鏡をのぞくためだけにわざわざこの旅籠に泊まる者もいるそうだ。

ふうん、と指月は唸《うな》った。

「人間はいつも占いが好きだな」

あのころの宮城でもそうだった、とどこか懐かしむように夕暮丸が目を細めた。

思えばいつでも人間は、暦《こよみ》だ、星の巡りだと占いじみたことをしていたような気がする。

指月が盆にのせられていた干した鯛《たい》を割いて囓《かじ》っていると、夕暮丸が、ぽつりとつぶやいたのが聞こえた。

「あそこには……いつかの京がうつるんだ」

燦々《さんさん》と降り注ぐ陽光に似合わず、どこか薄暗く聞こえたその声に、指月は思わず傍《かたわ》らの夕暮丸を見やった。

夕暮丸はその瞳を細めて、じっと水鏡を見つめている。

まるで——とても愛《いと》おしいものを見つめるように。

その時、遠慮がちにふすまの向こうから声がかかった。やや甲高い少女の声だ。夕暮丸が応《こた》えるとそっとふすまが開いた。

「夕暮様、おかえりなさい」

歳《とし》の頃、十三、四ほどの少女だった。

艶《つや》やかな黒い髪を結い上げ、小さな珊瑚《さんご》のかんざしを挿している。桃色の小袖には裾《すそ》に可憐《かれん》な千鳥《ちどり》の柄《がら》があしらわれていた。笑うと顔がくしゃりとなる。目を引くような美しい顔立ちではないが、どこか愛嬌《あいきょう》があった。

彼女はその名を木之《きの》かやという。

この旅籠『丸水屋』の主《あるじ》、木之藤十郎《とうじゅうろう》の一人娘だった。

酒の追加を持ってきたのだろう。盆の徳利を入れ替えながら、かやが指月と夕暮丸を交互に見やった。縁側に腰掛けて、片足を膝《ひざ》にのせていた指月の前で視線が止まる。

「そちらの旦那《だんな》さんは？　夕暮様のお友だちなん？」

冗談はよせ、と指月は顔をしかめた。

「知り合いだ」

「つれないなあ、指月」

夕暮丸がついと肩をすくめる。それからかやに向き直った。

「おれの連れだ。この間の頼まれごとを、一緒に解決してくれる」

指月はじろりと夕暮丸を見やった。

「やるとは言っていない。おれは酒を呑みに来ただけだ」

かやは夕暮丸のことを、「夕暮様」と呼んでいた。変わった名だな、と指月が皮肉ると、放っておけと睨《にら》み返される。ここでは夕暮丸は、東山の別荘で悠々自適に暮らす商家の三男ということになっているらしい。

「夕暮様は、うちの宿が大変なことになってたんを、救ってくれはったんです」

かやが本当にうれしそうにそう言って笑った。

ここ最近、河原町の北あたりで頻発《ひんぱつ》している火付け騒動は、二月ほど前に始まった。

「……最初の火付けは材木問屋の笹本《ささもと》さんとこ。それからうちも仕出しをお願いしてる『島田屋《しまだや》』さんとこと、その近くの小料理屋さん。この間は錦絵の版元、『金子堂《かねこどう》』さんとこがお隣の彫師さんのうちともども、全部焼けてしまわはったんやて」

かやが指折り数えて教えてくれる。

火付けにあった建物は、半分で済んだところもあれば丸ごと焼けてしまったところもある。小火《ぼや》まで含めれば数えきれず、未だ人死にが出ていないのが不思議なほどだった。

「火事は、そのあとが大変やから……」

かやがふと瞼《まぶた》を伏せた。

「笹本さんとこは、薩摩《さつま》邸に頼まれてたて木も焼けてしもたていうし、島田屋さんとこかて、会津《あいづ》のお屋敷にお料理出せへんから、商売があがったりやて言うたはった」

かやはずいぶんとこのあたりの事情に詳しかった。

高瀬川沿いは、大坂や、その先の江戸から様々な荷とともに噂話も持ち込まれる。商人たちが集まる場所でもあるから、自然と見聞きするのだとかやは言った。

そして十日ほど前、とうとうこの丸水屋もその被害にあったのだ。

月のない真夜中、夜の見回りに起きた宿の主、藤十郎が最初に塀が燃えているのを見つけた。かやたち家族や従業員を起こしている間に、炎は塀を呑み込み始めた。

そこを助けたのが夕暮丸である。

「夕暮様はすごいんですよ。一人で何個も桶を持って、あっという間に火を消してくれはったんです」

かやがキラキラと目を輝かせるのを見て、夕暮丸がひょいと肩をすくめた。

「たまたま通りかかっただけだ」

だがその夕暮丸がいなかったら、丸水屋は丸ごと焼けてしまっていたかもしれない。主である藤十郎は夕暮丸にたいそう感謝して、それ以来、夕暮丸は礼をかねてこの旅籠へ逗《とう》留《りゅう》していると言った。

そしてそのついでに火付け犯を探すように頼まれた、というのだ。

そんな面倒なことをよく引き受けたな、と思った指月だが、どうやら理由があったらしいというのは、次のかやの言葉でよくわかった。

かやが声を潜めるように、そうっと言った。

「――この火付け、実は東山の山犬の仕業なんやて」

指月は思わず酒を呷る手を止めた。

小火の現場で、あるいは炎が建物を呑み込んだその場所で、見かけたものが何人もいるのだ。

炎のような緋色の毛皮を纏《まと》った獣の姿を。

だれかが昔流行った、京の怪談を描いた錦絵のことを覚えていた。古くは何百年も前から伝わる、東山の山犬の話だ。

東山には美しい藤の花が咲いていて、それを守るように緋色の山犬が棲んでいる。時折京に降りてきては炎を落として駆けるのだ、と。

いくばくかの沈黙の後、指月はにやり、と笑った。

「ふうん……」

夕暮丸がぎくり、と肩を跳ね上げたのが視界の端でわかった。

「東山の山犬なあ。それは物騒なことだなあ」

ちらり、と件《くだん》の山犬を見やると、一生懸命ぶんぶんと首を横に振っている。

京の人間たちも、頭から怪談話を信じているわけではないだろう。だが続く付け火とそのたびに目撃される緋色の毛並みに、よもや、と怯《おび》えているのは事実のようだった。

つまり付け火犯として疑われているのは、この山犬なのである。

これは思っていたより面白いことになっている。指月はくつくつと喉《のど》を鳴らして笑った。愉快な気分だった。

「万が一にも化け物であるなら、恐ろしいものだ。早くその山犬を見つけて、退治してやらんと。なあ、夕暮様」

夕暮丸がぐう、と口をつぐんだまま猪口に口をつけている。そのふてくされた様子が面白くて、指月は珍しく声を上げて笑ってやった。

夏の陽光が淡い橙色に変わるころ。かやがぱっと立ち上がった。夕暮丸が、す、とその瞳を細めたのが、指月にもわかった。

「また出かけるのか？」

「うん。今日は宵山やし。鴨川の河原に見世物も出てるんやて。提灯に火が入ったら鉾もきれいやろうし」

かやは本当にうれしそうに、その両手の指先をそっと触れ合わせた。

「佳辰《よしとき》様が、一緒に見てまわろうかて言うてくれはったんえ」

その瞳の奥に灯《とも》る熱を指月は知っている。だれかのことを愛おしく思う瞳だ。揺れて炎のような情熱をはらんで、溢《あふ》れ出しそうになっている。

なるほど、この娘には好いた男がいるのかとそう思った。

「あまり遅くなるとご主人が心配する」

夕暮丸がそう言った途端、かやの頬《ほお》がふくりと膨れた。

「……お父さんなんか知らへん。大嫌いや」

かやの小さな背がぱたぱたと庭を横切って駆けていくのが見える。その背を夕暮丸が心配そうに見つめているのがわかった。

かやが去ったとみるや、指月はその色を本質である白銀の髪と金色の瞳に戻す。夕暮丸も緋色の瞳と髪に戻った。

ほう、と疲れたように息をつくのを見ると、人に化けるのもそろそろ限界なのだろう。

「まさか、雨藤から鞍《くら》替えして人間の娘に懸想《けそう》し始めたか？」

冗談交じりにそう言うと、夕暮丸がじろりとこちらを見た。喉がぐるぐると怒りに鳴っているのがわかる。怒らせたか、と指月は肩をすくめた。

「冗談だ、そう怒るな。ずいぶんあの娘に入れ込んでいると思った」

夕暮丸が戸惑ったように目を見開いて。そうしてどこか困ったように、ぽつりとつぶやいたのだ。

「……いや……似ているのかもな」

雨藤とかやが、ということだろうか。

指月は今し方去っていったかやの背を思い浮かべた。

「……そうか？」

雨藤は確かに好奇心に溢れていた少女の姿であったが、もう少し落ち着いていたように思う。かやは年相応の潑剌《はつらつ》さがあって、似ているというには遠いような気が指月にはしていた。

指月が首をかしげているのがわかったのだろうか。

「それより、付け火だろ」

夕暮丸がごまかすようにそう言った。あぐらをかいた上に頬杖をついて、むすりとしながらこちらを見る。

「……言っておくが、本当におれではないからな」

「まあ、そうだろうよ」

指月が猪口から酒をすすって、さらりとそう言った。

それくらいは指月もわかっている。わかってしまうほど、それなりの付き合いになってきたとふと思って、指月は苦い顔をした。

夕暮丸が自分の猪口に、自《おの》ずから酒を注いだ。

「この旅籠の火付けに遭遇した時、ひどく油のにおいがした」

塀に油を流して火をつけたのだろう。夕暮丸ならそんなことは必要ない。指月は舌に残る酒の味を飲み下した。

「それで、山犬のふりをして火をつけた輩《やから》を探そうとしているのか。相変わらず人間に優しいことだな、山犬殿は」

夕暮丸はどこか困ったようにまなじりを下げて。そうして――ぽつりとつぶやいたのだ。

「……この庭が燃えると困るからな」

ふと指月は思った。

夕暮丸はたまたまこの宿の火付けに遭遇したと言った。東山の山犬が、どうしてその夜、その場所にいたのだろうか。

東山の藤の花から、ほとんど離れられないはずなのに。

夕暮丸からはどうして、その藤の花の香りがしないのだろう。

――どうして、夕暮丸はおれを呼んだのだろう。

指月はずっと違和感を覚えている。

どこからか宵山の囃子の音が聞こえてくる。甲高い笛の音。コン、コン、チキ、チンと行儀良くそろう鉦の音。

空はいつの間にか夕暮れに沈むところだった。

3

——祭囃子が遠くで聞こえる夜だった。

二条通近辺でも鴨川寄りのこのあたりは宵山の喧騒からもやや遠く、かすかな祭囃子と鴨川の流れる音が、ちょうど良い塩梅《あんばい》で混じり合う。

開け放した縁側の先、水鏡の庭にはふわりと蛍《ほたる》が飛び始めた。

高瀬川あたりから迷い込んできたのだろうか。行灯《あんどん》の光も消した宵の中、ぽつ、ぽつと灯る蛍の光を肴に呑む酒は、ひどく美味かった。

そうして暁が訪れる。

祇園会、先祭の朝である。

指月と夕暮丸は四条通と富小路通《とみのこうじどおり》の交わるところ、町屋の屋根の上に陣取っていた。

このあたりが見物するには一番いいと、夕暮丸が番頭から聞き込んできたからだ。

「……何が楽しくてお前と二人で祇園会なんだ」

瓦《かわら》屋根にあぐらをかいて、指月がぼそりとつぶやいた。

ぶすっと酒を呷っている指月とは真逆で、夕暮丸は屋根の上に立って黒い着物を風にはためかせながら、眼下を楽しそうに見回していた。

「たまにはいいだろう」

熱い空気が籠もるような京の町は、まだ朝も早いというのにうだるような暑さだ。眼下の町衆たちは、鉢の底に溜まったような湿度の高い暑さにすでに汗だくになっている。

四条通に面した家はみな絢爛《けんらん》な幕を張り、錦の暖簾《のれん》をかかげている。あちこちの家で木戸を開け幕を張った奥に、金箔も鮮やかな屏風や調度を飾っていた。

遠くからすでに祭囃子が聞こえてくる。通りに集まった見物客たちが、今か今かと待ちわびているのがわかった。

その時だ。

砂埃《すなぼこり》がぶわり、と立ち上った。

囃子の音が近づいてくる。とん、とんと揃う太鼓、ヒュー、ヒューと甲高く通る笛の音。コン、チキ、チンと鳴る鉦の音。

その後ろでぎぃいい、ぎぃいい、と軋《きし》むのは、鉾を支えている四つの大きな車輪だ。

先頭は毛槍《けやり》を持った男たち。その後ろ、砂埃を抑えるために水を打ちながら、ぎぃいい、ぎぃいと鉾車を軋ませて、巨大な鉾が姿を現した。

通りから歓声が上がった。

鉾から伸びる引き綱に曳子たちが取りついて、声を合わせて懸命に引いている。四つの車輪にはそれぞれ車方の男たちがついて、ゆっくりと回る車輪に手を添えていた。

堂々と空をつく長刀がぎらりと夏の陽光を反射する。

鬮取《くじと》らずで、先頭を征《い》く長刀鉾である。

真木に取りつけられた青々とした榊《さかき》が、曳子たちが鉾を引くたびにざわり、ざわりと揺れた。

鉾の上には稚児《ちご》と囃子方が乗り、その高さは屋根の上の指月たちと同じほどであるというのに、顔色一つ変えず悠然とみな前を見つめ、祭囃子を奏でていた。

四条と富小路通の境目で、ぎぃぃぃ、と音を立てて鉾が一度止まった。

見物客たちが息を呑む一瞬があって。

甲高い笛の音が空に響いた。

コン、チキ、チンと鉦が鳴るたびに囃子方から伸びる美しい組紐《ひも》が、錦の胴懸の上を鮮やかに跳ねる。

指月も夕暮丸も酒を運ぶ手を止めて、目の前で広げられる祭の熱気に呑まれるように見つめていた。

あのギラついた目で町を行く男たちも、不穏な世に不安を隠せない町衆たちも、みなだれもがこの一瞬だけは、錦の鉾に目を奪われ、祭囃子の調べに耳を傾けて。

祭の熱気に、晴れやかな顔を見せる。

ああ、これが祭なのだと指月は思った。

今日は不安を払い、魔を払う晴れの日なのだ。

そしてそれは人自身が作り上げたものでもある。

「……雨藤は、きっとこれが見たいだろうな」

夕暮丸が隣でぽつりとつぶやいた。

これが人の営みの力強さと愛おしさだと、指月も今ならわかる気がした。

長刀鉾が通り過ぎた後。次の鉾が現れる合間に、夕暮丸が指月の肩をとんと叩いた。

「ほら」

くい、と夕暮丸が顎《あご》で指した先に、昨日と同じ桃色の小袖を纏った少女がいた。かやだ。

その口元に今日は薄く紅《べに》をはいている。

通り過ぎた長刀鉾の列を眺めて、隣をうれしそうに見上げていた。その隣、同じように鉾を待っているのは、一人の男だ。

「篠原《しのはら》、という男だ」

夕暮丸がそう言った。

篠原佳辰という男は、指月でもなるほど、と思うような美丈夫だった。

清潔な縞《しま》の小袖を着流してきっちりと髷を結っている。きりりとした瞳は色を感じさせる切れ長の一重。下駄をからりからりと鳴らしながら歩く様は、それだけで女たちの目を引いた。

「江戸から京に出てきた、どこぞの商家の次男坊だそうだ」

夕暮丸が、屋根の上から通りを見下ろしてそう言った。

かやが佳辰の袖を懸命に引いている。長刀鉾の列を追っていこうと誘っているようだが、佳辰は次の鉾を見たいと言っているようだった。

二人で顔を合わせて楽しそうに笑い合っている。

かやの瞳にはあの綺羅星《きらぼし》が瞬《またた》いている。夕暮丸にも雨藤の瞳にもあった、だれかを愛おしいと思うその輝きだ。

佳辰といるのがたまらなく楽しいのだと、指月にはそうわかった。

だが佳辰の方はそうではない。芝居役者のようなきりりとした一重の奥は、静かに冷め切っている。口元だけで笑って、その目はどこかを鋭く見つめていた。

「どう思う?」

夕暮丸に問われて、指月は嘆息した。

「色男に懸想した娘と、その娘にまったく興味のない色男に見えるな」

「……だよなあ」

夕暮丸は残った左腕で、困ったようにくしゃりと髪をかきまぜた。

夕暮丸が旅籠、丸水屋に逗留し始めて何日か経《た》った後。使いがあるからと出かけたかやと町中で行き会った。その隣には佳辰がいた。

そのあと部屋に酒を届けてくれたかやに話しかけると、春頃に知り合った男のもとに通っているのだと、そう言っていた。

「あの子、来年に婿《むこ》を取るんだ。一人娘でご主人がえらくかわいがって育てたせいで、大事にされて大して遊んだこともないんだと」

稽古《けいこ》にも使いに行くのにも、いつも使用人がついてくる日々で、一人でどこかに出かけたこともなかった。旅籠の手伝いと毎日の稽古事で流れていく閉じ込められたような日々に、どこかで嫌気が差していたのだろう。

そうして篠原佳辰に出会ったのだ。

かやにとっては初めての恋だった。

「──あの男は聞き上手で、かやの話をいつも聞いてくれるらしい。それが楽しくてついつい会いに行ってしまうんだとさ」

だから雨藤に似ていると、夕暮丸は言うのだろうか。あの朽ちた邸で閉じ込められたように空ばかり見ていたあの美しい藤の花と。

だが指月はどうにも納得がいかなくて、曖昧《あいまい》に相づちを打った。

次の鉾が四条通をゆっくりと進んでくる。舞い上がる砂埃の向こうからまた、ぎぃぃ、ぎぃぃと音が聞こえた。

指月は隣の山犬を見やった。その視線は眼下のかやと佳辰に向けられている。

その瞳が宵に灯った炎のように、緋色の輝きを増したのがわかった。

「――例の火付けは二条から三条、鴨川から遠くても麩屋町通《ふやちょうどおり》までに固まっている」

「……祭の最中に無粋なやつだな」

指月が呆れたように言った。

「まあ聞けよ」

夕暮丸が猪口を置いて、左手で指折り数え始めた。

材木問屋は、このほど御所の北に新しく作られた薩摩邸に材木を都合していた。仕出しを請け負う「島田屋」は川向こうの会津藩邸の御用達。

半焼で済んだ小料理屋は、壬生《みぶ》に居を構える浪士たちがよく使っていたようだ。江戸からやってきたこの浪士たちは、会津藩士たちと市中の取り締まりを行っている。

版元は錦絵を取り扱っていて、去年長州藩が京から追い出された様を、面白おかしく描いたそうだ。

夕暮丸の目がきゅうと細くなる。

「京ではもっぱらの噂だ。東山の山犬の仕業かはたまた――天誅《てんちゅう》か、とな」

天誅、と指月は眉を寄せた。

つまり自分と考えの合わないものを、適当に理由をつけてぶった斬ることである。天に変わって誅するとはよく言う。

「人の分際で」

指月は肩を震わせた。

京はおおよそ二つに分かれていたと、夕暮丸は言った。

薩摩藩や、京の治安維持を幕府より請け負っている会津藩を中心とした派閥。そしてとにかく異国を追い出そうとしている、長州藩らを中心とした派閥である。

それはそのまま結局は、今のこの国の権力争いに他ならなかった。

昨年その争いは長州藩を京から追い落とすという形で、一応の決着を見た。

指月はつまらなさそうに猪口に口をつけた。

「つまり火付けに狙われたのは、その会津や薩摩に絡んだ場所で、その長州藩の過激派のような連中が、東山の山犬を装って敵方に与《くみ》する家を焼いてると、そういうわけか」

「迷惑な話だよな、まったく」

件の東山の山犬が盛大に嘆息した。ちらりと眼下を見下ろす。そこにはかやと話す佳辰の姿があった。

「……町で行き会った時、あいつと一言二言、話したことがあるよ」

ほとんど違和感のない江戸言葉であったが、どうしたってわずかな訛《なま》りは消えない。西の――長州の訛りだったと夕暮丸は言った。

ようやく話の矛先《ほこ》がわかって、指月は酒とともにため息を呑み込んだ。

天誅と称して狙われた火付けの場所は、なるほど、かやの宿の周辺である。宿で働いて噂話に詳しいかやと、長州訛りの残る聞き上手な男。

あの男がかやを利用しているのだと、夕暮丸はそう言いたいのだ。

そして指月は、静かにつぶやいた。

「……あの娘は、それにも気がついているんだな」

かやから聞いたのは山犬の話だけだ。だが京では天誅の噂も流れている。あれだけ市中に詳しいかやの口から、その言葉が出てこないのは妙だ。

かやは佳辰が、あるいは佳辰たちの一派が火付け犯であると気がついていて、たぶん、知らないふりをしている。

夕暮丸が立ち上がって、残った左手でくしゃりと髪をかきまぜた。立ちこめる砂埃の向こうに、いくつめかの山が通り過ぎていった。

祭の喧騒と祭囃子、観客たちの歓声が響いている。

「お前、そこまでわかっていて、どうしておれを呼んだ」

手伝いが必要なようにも見えないと指月が言うと、夕暮丸が少し考えてやがて口を開いた。

「優しさとはなんだろうな、指月」

また突然に、人間のようなことを言い始めたな、と指月は眉を寄せた。それに答えにもなっていない。だがそれをわかってかそれでも尚、夕暮丸はぽつぽつと続けた。

「まちがったり望みのない道に踏み込んだりした時、引き戻してやるのが優しさか。それとも、そのまま思う道を進ませてやるのが優しさか」

どちらだろう、と。夕暮丸がつぶやく。

屋根の上に立っている夕暮丸の瞳が、こちらをじっと見下ろしている。ややつり目がちな瞳は、今日は隠していない灼熱の緋色だ。

「あんたならどうする」

問われて、ふん、と指月は鼻を鳴らした。

「そいつの好きにさせればいい」

幸せも破滅もそれぞれ選び取ったものの責任だ。それを優しさだと理由をつけて自分の考えを押しつけるのは違うと指月は思う。

それが指月のようなものの生き方だから。

そう言うと、夕暮丸はどこか困ったようにそうかとつぶやいた。

夕暮丸の緋色は、ずっと遠くを見つめている。

それはかやを見ているのではなく、自分自身を見ているのかもしれないと、そう思い当たって指月は酒を呷る手を止めた。

──かやと似ているのは、はたして本当に雨藤なのだろうか。

幸せになれないとわかってもなお、その道に足を踏み入れて戻れない。

それは──もしかすると夕暮丸ではないのか。

どうするのだろう、と。

指月はふいに己の中に浮かんだ疑問を、珍しく正面から見つめた。

例えばこの山犬が、その望みのない道に足を踏み入れた時。自分はどうするのだろうか。

その袖を引いてやるのが優しさか、その背を押してやるのが優しさか。

指月は猪口を持つ手と反対の手のひらを、ぎゅうと握りしめた。視線の先には砂埃を上げて引かれていく錦の鉾と山。

熱に呑まれた祭と、それを眺める緋色の山犬がいる。

――どうしてこの山犬はおれを呼んだのだろう。

その山犬が戻れない道に踏み込んだ時。

おれには何かできるのだろうか。

4

祭の熱も覚めやらぬ夕暮れ。

髪も瞳も黒く染めた指月は、夕暮丸の部屋の縁側でだらだらと寝そべって酒を呷りながら、ことの成り行きを見守っていた。

夕暮れ時の淡い緋色の光が差し込む部屋で、夕暮丸とかやが向かい合っていた。

――篠原佳辰がこのたびの火付けを行っている。そしてそれは山犬の仕業などではなく、自分たちに都合の悪いものを排除した、いわゆる天誅である。

夕暮丸がそう言うと、かやは目を大きく見開いて、そうして首を横に振った。

「そんなわけあらへんえ、夕暮様」

かやの瞳は大きく震えていた。それがすべてを物語っているように、指月には思えた。

「……佳辰様は、そんなんやない」

だって、とかやは顔を跳ね上げた。その目の端に涙が滲《にじ》んでいる。

「佳辰様は、かやを助けてくれはったんえ」

――丸水屋の主、木之藤十郎――かやの父にはとうとう息子が生まれなかった。かやが唯一の子どもで、だから掌中《しょうちゅう》の珠《たま》を愛でるように、ことさら大切に大切に育てられたのだ。

父はかやのことを何でも決めた。着物もお稽古事も――そうして婿も。

父と母に愛されるのはうれしかった。

けれどどこかでそれを、ほんの少し窮屈だと思っていたのかもしれない。

そんな時に、かやは篠原佳辰と出会ったのだ。春も半ばにさしかかろうとするころだった。

「……お稽古事の帰りに、三条の大橋を渡ったところで、怖い人らに連れていかれそうになったん」

そこを助けてくれたのが佳辰だった。

切れ長の瞳に藍鼠《あいねず》の帯が涼しげで、今までかやが見てきたどの男の人とも違った。まるで南座《みなみざ》の芝居役者のようなその人が、心配そうにかやの方を向いてくれたのだ。

——気をつけな。

そうして地面に転がったかやを、大きな手で引き起こしてくれたのだ。

それからかやは、祇園近くの旅籠に逗留しているという佳辰と、時々話すようになった。婿が決まったからか、父はほんのわずか気を抜いていて、かやが使用人になけなしの小遣いをやって自由な時間を作っているとは、思ってもみないようだった。

かやにとっては初めての恋でもあった。

ごつごつとした大きな手で頭を撫《な》でられて、結った髪を少し乱されるのも、飴《あめ》売りから買った飴を渡されて、子どものように甘やかされるのも、闊達《かったつ》な江戸言葉で話しかけられるのも全部が初めてだった。

佳辰は聞き上手で褒め上手だった。

かやは人と話すのが大好きだったので、そこもきっと気が合うと自分でも思った。

水鏡がある旅籠のこと。同じ錦絵に描かれていた、季節外れの美しい花が咲く東山と炎の山犬のこと。

旅籠で仕出しをお願いしている店が、川向こうの会津邸にも料理を出しているのが、少し自慢であること。御所の北にこのたび新しい薩摩邸ができて、そのための材木の買い付けを知り合いの問屋がやっていたこと。

錦絵の版元が近くにあること。父が気に入っていた小料理屋に最近、壬生に居を構えた浪士たちがやってきてとても怖い思いをしたこと。

どれもすべて、たくさんの話に混じってかやが佳辰に、確かに話したことだった。

かやは自分の指先を、ぎゅうと握りしめた。

そうして、火付けが起こり始めた。

火付けの場所のことも、佳辰の言葉に江戸ではない訛りがあることも。それは去年までよくかやの旅籠にも泊まりに来ていた——長州の者の訛りであることも。

かやは気づかないふりをした。

何度か問いただそうと思うこともあった。けれど口に出すその前に、佳辰がかやの手をそうっと握って言うのだ。

——おれはいつか、かやと添おう。

だからかやは、いつもすべてを呑み込んでしまうのだ。

その先にある夢を壊さないように。

——指月は猪口から酒を呷った。先ほどと同じであるはずなのに、妙に苦く感じて、不機嫌そうに縁側にそれを投げ出した。見やった先で、かやの細い指先ががたがたと震えている。

「なあ、かや」

夕暮丸の柔らかな声がした。

「おれにも大切な人がいるよ」

その黒い瞳が一瞬、緋色をはらんで淡く揺れる。きっと美しい藤の花を思い浮かべているのだろうとわかった。

「それは夢みたいに幸せだよな」

いつだって傍《そば》にいたいし、話したい。笑顔を見ていたい。

夕暮丸が、震える唇でそう言った。

「おれもこのままでいたいと思う。だけど……それじゃあだめみたいなんだ」

夕暮丸が一瞬、こちらを向いたような気がして、指月は寝転がっていた縁側から、ゆっくりと身を起こした。

「その夢はかやを幸せにしない」

言い聞かせるように、夕暮丸が続ける。

「この旅籠も火付けにあっただろ。たぶん、あの男はかやを見限るつもりでいるんだ」

かやがその顔をさあっと青く染めた。

佳辰がかやと旅籠の情報を利用していたなら、夕暮丸が立ち会った丸水屋への火付けは、もう用済みだという証明でもある。

「かやは佳辰の目を見たことがあるか」

夕暮丸の大きな手がかやの頭をくしゃりと撫でた。そうして、かやの目をまっすぐにのぞき込んだ。

その瞳が宵にふと灯ったような、緋色に変わる。それは人ならざるものの——炎の山犬の目だ。

かやがひ、と悲鳴を上げた。

「おい」

指月は思わずそう言うと、夕暮丸が制するように小さく首を横に振った。

「おれは水にうつった自分の目を見たことがある。大切なものがそこにあると、いろんなものが溢れて止まらなくなるんだ」

夕暮丸の瞳はいつだって零れ落ちそうな熱で溢れている。そうして時々獣じみた、取って喰《く》らってしまいたいという餓《う》えた本質をうつしている。

「なあ、これが大切な女と添いたいと思うやつの目だよ」

　かやが一つ息を呑んで、唇を結んだのがわかった。

「……佳辰はどんな目をしてた？」

冷め切って氷のようだった佳辰のあの瞳を、かやは思い出したのかもしれない。あれにはかやなど少しもうつっていない。

　いくばくかの後、かやは夕暮丸の胸にぽすりと頭を預けた。肩が小刻みに震えている。泣いているのだとわかった。

　溢れる涙が止まるまで、夕暮丸は黙ってそれを拭《ぬぐ》ってやっていた。

「……浮気か」

　指月がぼそりとそう言うと、夕暮丸が肩をすくめた。

「馬鹿《ばか》。雨藤だって、こうするに決まってる」

　その瞳がかやをとらえているようで、その実どこか遠くに行ってしまった大切なものを見つめていることを、指月はもう知っている。

　この山犬は結局、その優しさを選んだのだなと指月は思った。

　望みのない道へ歩き出そうとしていた、かやの手をそうっと引いてやる。そういう優しさだ。

　指月はふ、と庭を見やって、わずかに目を見開いた。

夕暮れが庭を赤く染めている。すべてをうつす水鏡が、同じ緋色に染まっている。その池をぐるりと囲っている石に、そうっと立てかけるように一輪の蓮の花が置かれていた。

夕暮丸の瞳の色によく似た、緋色の蓮だった。

あれは雨藤に見せてやるのだと、そう夕暮丸が言っていたものだ。だからこの騒動が終われば、東山に持って帰ってやるものだと思っていた。

それがどうして、あの水鏡の傍にあるのだろう。

指月は未だ、かやの涙を拭っている夕暮丸を見やった。

ああ、藤の香りが、かき消えてしまいそうだ。

宵も深くなるころ、指月と夕暮丸は連れだって屋根に上がった。

空は薄い雲に覆われていて星明かりも見えない。傍らを見やると、夕暮丸の炎のような緋色の髪が、夜風にもてあそばれていた。

あのあと落ち着いたかやは、佳辰のことを父に話すと言った。

それを引き留めたのは夕暮丸だ。幸いまだ人死にも出ていない。このあたりで捕まえておけば、これ以上大きな騒ぎにならずに済むだろう、と。

「阿呆《あほ》な男のせいで、女の子が不幸になることはないよな」

夕暮丸が屋根に座り込んで、その緋色の髪をくしゃりとかきまぜた。雨藤ならそうする、ときちんと付け加えて。

三条の旅籠の件で篠原佳辰たちは焦っているだろう。彼らが同じ徒党を組んだものかはわからないが、京の警戒は強くなっている。長州藩の者とわかれば見境なしに捕縛される可能性もある。

少なからず事情を察しているものを消そうとするのは、自然な考えに思われた。

今日は雲のかかった風の強い夜だ。

「……来るとしたら今夜だろうな」

風に靡《なび》く白銀の髪をそのままに、指月は口の端だけで笑ってみせた。

「炎の山犬が東山から下りてくるというわけだ」

指月がにやりと笑うと、夕暮丸がふんと鼻を鳴らしてそっぽを向いた。

――ぱたぱたと、足音を殺して走る気配がした。五人か、六人。この旅籠に近づいている。指月はため息交じりにつぶやいた。

「……ちょうど酒もなくなった。いい頃合いだな」

指月は屋根に猪口を投げ出して腰を浮かせた。

丸水屋の裏手、細い路地に姿を現すものがある。

丁寧に結った髷も美丈夫といってもいい顔立ちも、すすけた頬被《ほおかむ》りでぐるりと覆ってしまっていた。手には提灯が提《さ》げられていたが、明かりを抑えるためか、厚手の布がかぶせられている。

篠原佳辰だった。

京の夜の闇は、指月にとっても夕暮丸にとっても、視界を妨げることはない。

人間は全員で六人。それぞれ町衆と同じような格好をしていた。三人が周囲の見張りにつき、そのうちの一人は道の端で大きな風呂敷の包みをほどき始めている。

ぱしゃぱしゃと何かを撒《ま》く音がする。夕暮丸がすん、と鼻を鳴らせた。

「油だな」

やはりあの男はこの旅籠を燃やすつもりだ。散々に利用したかやを、その家ごと消してしまうつもりなのだ。

男が風呂敷包みの中から鮮やかな緋色の毛皮を取り出した。狸《たぬき》かイノシシの皮を丹《たん》で赤く染めたのだろう。こうしてだれかに目撃させて、火付けを緋色の獣の仕業にしてしまうつもりなのだ。

「——天誅」

佳辰がひそやかな笑い声とともに、そう言って、手にかかげていた提灯を油のただ中に投げ込んだ。

炎が立ち上がった。

目を刺すような鮮やかな橙色が、丸水屋の塀を呑み込んでいく。塀を焼いたそれが、庭の端を焦《こ》がし始めた時だ。

隣で、ぶわりと膨れ上がる炎の気配があった。

ちり、と肌を焼くような熱さを感じる。

「気の毒なことだ」

指月は眼下を見下ろしてそうつぶやいた。

あれらは本物を呼び込んだ。

山犬の姿に変じた夕暮丸の、その鋭い爪ががしゃりと瓦を踏んだ。めくれ上がった瓦が一枚、二枚と転がり落ちて、地面に落ちてははぜるように割れる。

佳辰たちが頭上を振り仰いだ瞬間。

夕暮丸が屋根を蹴《け》った。

揺らめく炎のような緋色の毛並み。その瞳は火を呑んだように輝いている。右の前足はなく、残された三本足で器用に地面に降り立った夕暮丸は、ぐるるる、と牙を剝《む》きだした。

「ごおおぉぉう！」

腹の奥に響くような咆哮《ほうこう》が、風を震わせた。

男たちは呆然《ぼうぜん》と、眼前に降り立った獣を見つめていた。

「あ……え」

佳辰の手から、油の入った竹筒がぽろりと落ちる。

指月は、おいおいと真下を見やった。

夕暮丸が足先で触れるだけで、この旅籠が丸ごと燃えかねない。火に油を注ぐというか、油に火を注ぐというか。ともかく大惨事《さんじ》である。

「気をつけろよ、山犬。お前が燃やしたら本末転倒だぞ」

夕暮丸がわかっている、という風にじろりとこちらを見やったのがわかった。

まず見張りについていた男たちが、背を向けて逃げ始めた。地面を這《は》いずって通に出ようとしている者もいる。

夕暮丸が、その背をはしっと踏みつけた。

指月から見ればちっとも本気ではないし、本気であればあの山犬は人の体など軽々とへし折っているところだが、男たちにしてはたまったものではないらしい。

「なんで、ひ……本物……」

もがく人間を踏みつけておいて、夕暮丸の顔がぐっ、とこちらを向いた。

屋根の上で指月はいはい、とひらりと手を払った。

高瀬川の方でぐう、と水が持ち上がる気配がする。

細かく動かすのが面倒になって、それを丸ごと降らせようとしたところで、指月はふと手を止めた。

そういえば夕暮丸は炎を本質として持つようだが、はたして水に濡れても大丈夫なものだろうか。

一瞬悩んだ指月だったが、まあ大丈夫だろう、あれもそれなりに力のあるものだと納得して——その実面倒になって、そのまま雨のように水を降らしてやった。

突然豪雨のようにやってきた水の固まりに、佳辰たちは悲鳴を上げる間もなく呑み込まれた。塀を舐《な》めていた炎は消し止められたものの、薄く水の溜まった様は余計な災難に見舞われたようにも見えなくもない。

まあ燃えるより幾分ましだろうと、指月はそう思うことにした。

ぶる、と水をはじき飛ばした夕暮丸が、再びごぉう！　と吠《ほ》える。

「ひ、あああっ！」

甲高い悲鳴を上げて、佳辰たちはたまらずその場から逃げていった。

ひらりと屋根に舞い戻った山犬姿の夕暮丸は、水に毛並みを濡《ぬ》らして、なんだか一回りほど小さくなったように見える。

熾火《おきび》のような炎は健在だが、ぱたぱたと毛先から雫《しずく》を垂らしている様がおかしくて、指月は肩を震わせた。

「ずいぶんかわいらしいもんだな」

瞬き一つで夕暮丸が人の姿になった。その口元を不満そうに引きつらせている。髪はぺしゃりと濡れていて、着流した黒い小袖の裾がべったりと足に絡みついていた。

「……大雑把《おおざっぱ》に過ぎるだろう、京の水神」

もの言いたそうなその山犬が、視界に入ると笑ってしまいそうだったので、指月はつとめて遠くを見るように心がけた。だが己の口元が震えているのがわかる。

「いや、まあ大丈夫だろうとは思ったんだが……」

夕暮丸は、ぶるぶると身を震わせて雫を飛ばした。それが山犬らしくて、結局こらえきれずに指月は肩を震わせて笑った。

「これで、あいつらも故郷に帰っておとなしくしていればいいがな」

見上げた空は淡い藍《あい》色を帯び始めている。夜明けのきざしだった。夕暮丸が屋根の上にあぐらをかいて、その明けの空をぼんやりと見つめていた。

その視線が、指月の方を向く。

「帰るのか?」

「祭はもう十分だ」

結局、どうしてこの山犬が己をここに呼んだのか、その答えは未だにわからない。指月はどこか腑《ふ》に落ちない気持ちのまま、夕暮丸に問うた。

「お前も雨藤のところに帰るんだろう」

東山の美しい藤の花が咲くあの場所が、この山犬の居場所のはずだった。

夕暮丸はその口元に薄い笑みを浮かべる。

「ああ──帰るさ」

けれどその瞳は、暁に稜線を浮かび上がらせるその場所を、もう見つめてはいないことに、指月は気がついていた。

5

その噂を指月が耳にしたのは、祇園会の前祭《さきまつり》からひと月ほどが経ったころだ。

――東山に美しい藤の花が咲いている。季節外れの藤見をした者が何人もいる、と。

藤の花を折り取って帰ってきた者すらいて、だがすぐに枯れてしまったと言っていた。

それを聞いた指月は、一瞬夕暮丸が滅びたのかもしれないと思ったが、すぐに違う、と思い直した。

夕暮丸は滅びの時もきっと、雨藤を一人にしないはずだから。

どうにも胸が騒いで仕方ない。おれには関係がないことのはずなのに、と二日ほど無視を決め込んだ指月だが、その夜とうとう重い腰を上げた。

「……餞別《せんべつ》に酒を持っていくだけだ」

そう言い聞かせて、伏見《ふしみ》の酒蔵で酒まで買い求めた指月は東山を訪れた。

夕暮丸の縄張りは見る影もなかった。

雨藤は未だその花を雨のようにしだれさせていたが、先端がほろほろと茶色に枯れているのがわかる。

噂を聞きつけた町衆たちが、何人も訪れたあとがあった。

夕暮丸の気配がひどく薄い。ここはもう、獣の縄張りではなかった。

「……何をしてるんだ、あの阿呆」

雨藤を一人にしないと、お前がそう言ったのではなかったか。

夏は盛りを過ぎようとしている。だが秋の気配はまだ遠く、その日も日中はうだるような暑さだった。

東山から京に降りた指月は、ぐっと眉を寄せた。市中はいつもに増してぴりぴりと殺気立っている。

まるで戦《いくさ》の前のようだ。

帝の邸である御所に武装した男たちが集まっているのが、眼下に見えた。篝火《かがりび》に照らされて黒に光る大砲、ぎらりと光をはじく長槍。そしてその腰に差された刀が、どれも濃い血のにおいを纏っている。

京を追い出された長州藩士が、兵を率いて戻ってきたそうだ。あちこちで小競り合いが起こっていて、その手は御所まで迫っていた。

町衆たちは戸を閉ざし、不安そうに身を潜めている。

そんな夜だった。

それを眼下にすべて黙殺し、指月は夜闇《よやみ》に紛《まぎ》れて二条へ向かった。

——丸水屋の小さな庭を見渡す縁側に、夕暮丸がぼんやりと座っていた。髪も瞳も緋色のままだ。

その残された左手に、すっかりしおれ腐り落ちた蓮の花をぶら下げていた。

その瞳はただじっと——水鏡を見つめている。

「——とうとう滅びたのかと思った」

庭に降りた指月がそう言うと、夕暮丸がふいと顔を上げた。

「東山へ行ってきた。あの藤はもう枯れ果てるぞ」

夕暮丸がどこか不思議そうに、首をかしげる。

「雨藤は……ここにいるんだ」

そのぼんやりとした顔を見ていると、指月は己の胃の底が焼けつくように熱くなるのを感じた。

小さな池の水は、これまでとこの先を見せてくれる水鏡だという。どこからも注がれず、どこにも注がず。ただ京を何千年もじっとうつし続けてきた。

求めるものを見せてくれる、揺らぐことのない水鏡だ。

「お前……」

指月はその先を続けることができなかった。夕暮丸の綺羅と輝いていた緋色の瞳は、ただ昏い色をたたえて水鏡をじっと見つめている。

指月には見えないけれど。

そこにはきっと、雨藤がいる。

「――……何百年も、待ってるんだ」

消え入りそうな声で、夕暮丸がつぶやいた。

――夕暮丸にだってわかっている。

雨藤はもう戻らない。あの時潰《つい》えたはずのその魂を、わずかに長らえさせているだけだ。

それでも夕暮丸は、あの東山の地でずっと待っていた。

また己に話しかけてくれるのを――笑ってくれるのを。その魂が、己の名前を呼んでくれるのを。

……一緒に見たいものがあるんだ。

花を散らしたような美しい内裏《だいり》の後宮、山に咲く黄金色の山吹《やまぶき》。赤みがかった葉と柔らかな桃色の花をつける山桜。

指月の、巨椋《おぐら》の入り江を埋め尽くすような、暁の蓮。

けれど雨藤は、あの日からついぞ応えてくれない。

花の下でとろとろと眠っている時。焼けるような夕暮れの時。雨の時、雪の夜。

いつでも夕暮丸は――たった一人だ。

ある時、ふと思い出したのはあの町絵師が描いた錦絵だった。この世のすべてを見せてくれる水鏡が、京にあるという。

思い立ってふらりと京へ降りた。そうして夕暮丸は、この水鏡を見つけたのだ。どこの川とも繋がらず水も湧いていない。鏡のようにその京のすべてをうつし、悠久を見つめ続けてきた。

火付けだなんだと騒いでいるのを収めた後、祈るような思いでのぞき込んだ夕暮丸の隣には、――こちらを向いて笑っている、雨藤の姿があった。

雨藤がおれに向かって笑っている。手を触れ合わせて、顔をほんのり赤くして。

夕暮丸、とまた名を呼んでくれる――！

水にうつった自分の緋色の瞳の底に、綺羅星が散ったのがわかった。そうしてその緋色が激しく燃えていることも。

ああ、おれはこんな目で、雨藤を見ていたのか。

――ここにいたんだな。雨藤。

「ここではまだ笑ってくれている。おれは雨藤の言葉が欲しい。おれを向いて、おれに向かって笑ってほしい」

熱に浮かされるような夕暮丸の言葉を聞いて、指月はどうしてだか息が詰まるような心地だった。

「おれの名を呼んでほしいんだ」

夕暮丸から藤の花のにおいがしなかったのは、東山に帰っていなかったからだ。縄張りも藤の花もほうって、この水鏡に入れ込んでいた。

この庭が燃えると困ると言ったのは、この水鏡で雨藤の姿を見ることができなくなるからにちがいなかった。

腹の底が煮えるようだった。

夕暮丸の力が弱くなっても別に構わないと思っていた。いずれ雨藤とともに朽ちていくなら、それはこの山犬の選んだ道だ。

だが、これは違う。

あまりにも無様だ。

都合のいい記憶に耽溺《たんでき》して、このままここで、この山犬が朽ち果てるのだと思ったら、理由もなくただ腹立たしかった。

手を伸ばして、怒りのままに夕暮丸の襟首《えりくび》をつかみ上げた。

夕暮丸の炎の瞳に、自分の黄金の瞳がうつり込んでいるのがわかる。炎をかき消すほどに硬質に冷たく輝く瞳だ。

おれは怒るとこうなるのだなと、指月はどこか遠くでそう思った。

「それなら、今おれが、お前とお前の山を沈めてやる」

優しさとはなんだろうかと、夕暮丸は問うた。

戻れない道に入り込んだ時、思うままに背を押してやるのか、手を差し伸べて引き戻してやるのか。

どちらが優しさだと。

その襟首をつかんで、指月は引きずるようにぐう、と持ち上げた。夕暮丸の顔がひどく歪む。どうしてだかそれが、どこか安堵《あんど》しているように見えた。

指月はそこでようやく気がついたのだ。

だからお前は、おれを呼んだのか。

望まない道とわかっていて、それでもなお離れられない己に手を伸ばしてくれと。

だからあの時夕暮丸は言ったのだ。

蓮の花が咲き乱れる大池で。


——頼む、と。


「……優しさなど知るか」

指月はその襟首をぐ、と引き寄せた。

そいつが選んだ道ならば、その先が破滅でも構わないと指月は思った。

だがいざ目の前に突き付けられてその馬鹿みたいな選択をした、この無様な山犬を指月は心底腹立たしく思うのだ。

「おれはお前が無様なのだけが、気に食わない」

違うだろう、夕暮丸。

お前は誇り高い獣なのだろう。

だれかと肩を並べることも、だれかとともにいることも今まで、指月は選ばなかった。

こいつが勝手にやってきて、勝手に隣で笑って、自分を引きずり回していただけだ。だがそれが悪くないと、そう思うようになった。

それはお前がいつだってたった一人の女に夢中で、人と獣のあわいで大切なものを手にしようとしていた。

その揺らぎが——誇り高く美しかったからだ。

「お前、雨藤を一人にしないんだろう！」

喉から勝手に言葉が零れ落ちる。指月には初めての経験だった。

こんなのはまるで——人間のようだ。

夕暮丸が息を呑んで。そうしてわずかにうつむいた。

引き剝がすように水鏡から視線を逸《そ》らして。唇を結んだまま指月の手首をとる。

「……さびしいんだ」

夕暮丸が緋色の髪で顔を隠したまま、消え入りそうな声でつぶやいた。

「おれの傍に雨藤がいない。おれはあれから八百年、ただずっとさびしい」

力が抜けたように縁側に座り込んで、残された左手で灼熱の髪が揺らめく頭をぐっと抱え込んだ。

ああ、この山犬は馬鹿だなあと指月は思う。

「それこそが、人の心なんだろう」

指月にはわからない。そして必要のないものだ。夕暮丸もそうだった。だがこの山犬はずっとそれを欲しがっていた。

大丈夫だと、柄にもなく言い聞かせてやった。

風が吹いて二人の髪を散らした。

「それを持っているかぎり、お前はいつだって雨藤の傍にいる」

いくばくかの時が過ぎて夕暮丸がそうっと顔を上げる。

緋色の瞳は乾いていて、それでもその瞳にもう昏い光はない。それに指月はひどく安堵した。

目の前の山犬が、深く嘆息する。

「……悪い。あんたに迷惑をかけた」

「まったくだ」

指月はふんと鼻を一つ鳴らした。強い風が銀色の髪を靡かせる。明けが近い。東山の稜線を暁が焦がし始めている。

「もう、きっとあんたとも最後だ」

夕暮丸がそうつぶやいた。

雨藤は枯れ始めている。その命つきる時まで夕暮丸はともにいて、そうしてともに滅びるのだろう。

それでいいと指月は思う。

人のように墓があるわけでもないから、本当にこれで最後だ。

名残《なごり》惜しいと思われるのは癪《しゃく》だったから、指月はつとめて軽く手を上げた。

「じゃあな」

指月が薄く笑って、そう言った時だった。

パン！　とはじける音が空気を震わせた。

6

――戦のにおいがする。

篠原佳辰は、奥まった長屋の中で伏せていた顔をそうっと上げた。

佳辰の父は長州藩の下級武士だった。父は真面目で勉強熱心であったが家は貧しく、かろうじて農具を持たなくて済んだ程度で、暮らしはそのあたりの町衆の方がよほど豊かだった。

そんな佳辰が子どものころ、外つ国の船が江戸にやってきたという。

その噂は藩を駆け巡った。

世がぐるぐると渦を巻くように変わり始めた。

佳辰の周りもみな我先にと動きはじめた。江戸へたつ者、京へたつ者。学問をする者、若者をまとめ上げる者、学び舎を立ち上げる者、異国へ密航する者。

佳辰もその熱に浮かされた。世がこれほど熱を帯びているのに、ここでくすぶっているのは馬鹿みたいだった。

仲間を集めて京へ上るとそこは混沌《こんとん》としていた。天誅と称して幕府の役人を斬る者、暗殺を謀《はか》る者。公家の間に入り込んで政《まつりごと》を動かそうとしている者さえいた。

勢いと思想と政と金がぐちゃぐちゃに混ざり合って、揺らぐはずのない土台が毎夜簡単にいれちがうような、そんな有様だった。

ただそこには熱だけがあった。

今までかやの外であった世の中の渦そのものに、佳辰でも手が届く。そんな熱だ。

昨年、長州藩は権力争いに負け京を追われた。長州の人間であるというだけで危うい日々が続いた。

佳辰たちも祇園の傍の旅籠に、隠れるように住んでいた。幸い江戸の言葉が達者であったことと、女に気に入られるような顔をしていたから、他のものたちよりは自由に往来を歩くことができた。

藩のものたちが少しずつ京に戻ってきていると聞いたのは、祇園でのことだった。他の藩と結託して、会津や薩摩を追い落とす計画があるという。

それを耳に挟んだ佳辰たちも、呼応するように天誅の計画を立てた。

その時に出会ったのが、丸水屋という旅籠の娘だ。

京の錦絵に有名な怪談の連作がある。そこに描かれた水鏡の逸話《いつわ》のために、丸水屋にはいろいろな人間が逗留していた。

そこには情報があった。

薩摩邸に材木を卸している問屋を焼いた。去年追い落とされた長州を面白おかしく描いた版元を焼いた。

怪談絵で見た山犬を利用したのは、天誅だと騒がれると追われるかもしれないからだ。

邪魔なものを焼いて、焼いて、焼いて。

これで世を変えるのだと、体の内に熱が籠もる。火をつけるたびに体の中から焼かれていくようで、ひどく心地がよかった。

そろそろ危ないかと思って、焼き損ねた丸水屋をどうするか迷っていたころ。

祇園会の宵山の、その前日。

三条の旅籠で長州を中心とした者たちが捕縛されたと聞いた。顔も知らない男たちだったが、同じ未来を見ていたものだと佳辰は勝手に思っていた。

会津藩と壬生に居を構えているという浪士組は、しつこくあたりをかぎまわっている。

かやを利用するのもやはりこれまでか、と。一度焼きそこねた丸水屋ももう一度狙うことにした。

その夜だった、本物に出会ったのは。

空から降ってきた緋色の山犬は、口から炎を吐いていた。

無様を晒《さら》して逃げ回って、それ以来ひと月。佳辰はこの日当たりの悪い長屋に籠もっている。

数日前から京のあちこちで、長州の者たちが集まっているのがわかった。

ああ、戦になる。おれも戦わなくてはいけない。

仲間たちは散り散りになって、どこかの組に紛れているのだろう。だから佳辰は一人でできることを考えた。

あの、緋色の山犬のことを思い出す。

東山には美しい藤の花が咲いている。そこには炎の山犬がいて、藤の花を害すると京に火を落として暴れるそうだ。

最近の京の噂で、東山に美しい季節外れの藤が咲くといっていた。

ああ、そうか。

あれがあの山犬の棲み家なのだ――。

早朝、何かがはじける音で始まった戦は、御所の西側から始まり、だんだんとこちらへ近づいてくるようだった。

指月と夕暮丸は暁を睨みながら、丸水屋の屋根に駆け上がった。

宮城の傍から黒い煙が上がっている。南の長州邸、ここより北の公家の邸でも火の手が上がっているのが見えた。

宿の中は蜂の巣を突《つつ》いたような騒ぎだった。京が燃えるのを見越してか、大橋を渡って東へ逃げるものもいる。

折悪《おりあ》しく、風の強い日であった。

「……戦か」

夕暮丸が目を細めてつぶやいた。

血と硝煙《しょうえん》のにおい、逃げ惑う人々の声に、指月はわずかに眉を寄せた。

「――指月！」

呼ばれて指月ははっと眼下を見下ろした。夕暮丸がいつの間にか、人に交ざって右手に桶を抱えている。水をかぶせて火を消そうとしているようだった。髪は緋色のまま手ぬぐいで隠して、瞳は伏せてごまかしている。

「手伝ってくれ」

どうしておれが、と眉を寄せるが、この山犬が話を聞かないのはいつものことだった。

早く、と急《せ》かされるので、指月はため息交じりに屋根の上で片手を跳ね上げた。高瀬川からぐう、と水が持ち上がって炎に降り注ぐ。

突然の雨か、ときょとんとしている人々の隙間をぬって、夕暮丸が屋根に飛び上がった。

「……お前ばれるぞ。髪も目の色も変えられないくせに」

「この混乱じゃあ、だれも気にしちゃいないさ」

夕暮丸が手ぬぐいを外して、ふう、と御所を見やった。

早朝に始まった戦は、徐々にその決着が見え始めている。

長州藩の兵たちはすでに壊走し始めていた。逃げ込んだ邸を会津が焼いているとか、大砲の玉が落ちて燃えあがったとか、黒い煙が京のあちこちで立ち上っていた。

「さすがに市中に火が回れば、おれでも、貴船《きぶね》の花薄《はなすすき》でも無理だ。まだ火の手が小さい内に消して回るしかない」

「なんだ、やる気だな」

夕暮丸が妙にうれしそうに破顔した。指月はむっとしたままふんと鼻を鳴らした。

「今回かぎりだからな」

「ああ」

これがきっと本当に最後だ。だから指月は小さく笑みを浮かべた。

「行くぞ、山犬」

夕暮丸がにやり、と笑ったのがわかった。

——御所の傍、建ち並ぶ公家の邸に指月が最後の雨を降らせたころ。御所はずいぶんと静かになっていた。

振り返ると京のあちこちで上がっていた煙はずいぶんと収まっている。

「これでひとまず大丈夫か」

指月がそうつぶやいた時だった。

夕暮丸が、はっと顔を上げた。

「——燃えている」

その緋色の視線の先。東山から一条の煙が立ち上っているのが見えた。黒煙だ。何かが燃えている。

あんなところにも火の手が、とだれかが叫んだ瞬間。

夕暮丸が屋根に飛び上がったのが見えた。

——ひと目で手遅れだとわかった。

東山に戻った時、すでに夕暮丸の寝床は炎に呑まれていた。どろりと濃い油のにおいがした。

まるであの日のようだと夕暮丸は思った。

群れがみな山火事に呑まれた千年も昔。夕暮丸が炎を呑んで、獣から人ならざるものに変わった日だ。

緋色の炎に、淡い藤の紫が呑まれていく。

大切なものが、また焼かれていく。

指月が水を呼んでくれたのがわかる。だが炎は勢いを増すばかりだ。

どうして、どうしてだ。

どうして消えない――！

「――馬鹿、炎を止めろ、お前が燃やしてるんだ」

炎の向こうで指月が叫んでいるのが聞こえる。

ひどい顔をしていると思った。いつも何にも興味がないという風に、涼しげな顔をしているくせに。

人の心を持たないのが、夕暮丸たちのようなものだ。指月も――巨椋の入り江の主もそうだと思った。

だが今は違うと、夕暮丸は知っている。

きっと指月は自分でも気がついていないのだ。

己の棲み家の蓮たちを見る、あの愛おしそうな瞳に。人間の宴と喧騒の中で耳を澄ませる、あの穏やかな顔も。

この胸の内にあるものを心だと指月は言った。そして夕暮丸はそれを手に入れたのだと。

その通りだよ、指月。

人も、人ならざるものも平等に、胸の内には心がある。

夕暮丸にも――そして指月にも。

そのことに、いつかあんたも気づくんだろう。

己の内にある炎が噴き出しているのがわかる。雨藤が緋色に呑まれていく。これは己の内に飼っていたものだ。

雨藤が欲しくて、でも傷つけたくなくて。

必死に押さえ込んでいた、夕暮丸の本質だ。

群れと山を燃やした炎が嫌いだった。

夕暮れのようだと笑ってくれたから、まあ悪くないかと思うようになった。

でもそれが今――お前を焼くんだな、雨藤。


「――っ、あの馬鹿が！」

指月は舌打ちをこぼして、緋色の獣の後を追った。後ろでは東山がごうごうと炎に吞まれている。

縄張りの端に人であったのだろう、黒く焦げた塊《かたまり》が転がっているのを見つけて、指月はまた舌打ちした。どういう理由かもだれかも判別がつかないが、あれが火をつけたのだろうとわかった。

——東山には美しい藤の花がある。それを傷つけると、炎を纏った山犬が京に火を落とす。

それは鴨川の西岸から始まった。

空を駆ける夕暮丸は、もう山犬の姿をほとんど崩している。ただ緋色の炎の塊が雨のように京に炎を降らせていく。

指月が追いついた時には、京の火の手はすでに止められないほどに広がり、折からの強風も手伝って東へ東へと広がっていくところだった。

京が焼ける。

緋色に吞まれていく。

人が叫ぶ声が聞こえる。だれかを呼ぶ声、逃げる声、悲鳴。それらすべてをかき消すように、炎が吞み込んでいく。

夕暮丸が宙に向かって吠えていた。

「何をやってる！」

こんなに叫んだのは、長い生の中で初めてかもしれないと指月は思う。

神社の屋根の上に降り立って、指月は頭上を振り仰いだ。

「お前が焼いたのは、お前の——雨藤の愛した人間たちだぞ」

自分でも何を言っているのだろうと思う。人の命など指月にとっては些細なものだ。

けれど、この山犬にとってはそうではないはずだろう。

炎の塊《かたまり》と指月は向き合った。足元から上がる熱に髪がぶわりと跳ねる。市中に広がった炎はもう止めようがない。

このまま京を焼き尽くす。

そして、夕暮丸もうあの緋色の毛並みを持った山犬に戻るほどの力も、残っていないとわかった。

指月は手を跳ね上げた。

傍の鴨川から水が跳ね上がったのがわかる。

夕暮丸がごう、と吠えた。宙を蹴って屋根の指月へ飛びかかる。一歩飛びすさると、夕暮丸が降り立ったそこが瞬く間に橙色にはぜた。

体をひねって、残された左の前足が指月のたった今までいた場所を踏み潰す。火の粉が散って、社《やしろ》はとうとう崩れ落ちた。

傍の木へ飛び移った指月は、片手を伸ばした。

優しさとはなんだろうと、指月は思う。

戻れない道に進んでしまったものを、手を伸ばして引き戻してやることだろうか。

それでも帰ってこられなかった——友を、せめて止めてやることだろうか。

指月はその形を失った炎の塊を、その時初めてそう呼んだのだ。

「——夕暮丸」

それは夏の豪雨に似ていた。

叩きつけるような一瞬の雨だ。

滝のように降り注いだその後に、熾火のような小さな炎が残った。風に吹かれて消えてしまいそうな、ほんの小さな炎だった。


——あめふじ。

声が聞こえる。失ってしまった大切な人を呼んでいる。

その熾火はぱち、とはぜて、やがて宙にふわりと舞い上がった。このまま風にのって、東山に向かうだろう。そしてそこで燃え尽きてしまうのかもしれない。

人は胸の内に心を持っているという。雨藤もきっと夕暮丸も、それを欲しいと望んだ。

己にはそれはないものだと、指月は思っている。

そんなに弱く儚く揺らぐものなど、必要ないと思っていたからだ。

けれど今はどうしてだか、この胸の内が痛いぐらいに波立ち、荒ぶり、ぎりぎりと苛《さいな》まれている。

この痛みの正体を教えてくれ。

この苦しさの正体を教えてくれ。

炎を呑んだわけでもないのに——体の内側からあの緋色に焼かれるようだった。

けれどいつも、人間の柔らかな営みを教えてくれるものは、もう指月の前にはいない。

足元から熱に炙られる。

跳ね上がった銀糸が躍っているのを、指月はぼんやりと見つめていた。

終章

雪を吹き飛ばすような強い風が吹いた。はらはらと散っていた雪の空が、ふいに切り裂かれたようだった。

そこからさあっと緋色《ひ》が差し込んだ。

焼けるような二月の夕暮れだった。

指月《しげつ》の——シロの手の内で、錦絵《にしきえ》の中から震えるような慟哭《どうこく》が響いている。

——夕暮丸《ゆうぐれまる》、夕暮丸……！

ここには雨藤《あめふじ》のかすかな魂《たましい》がある。東山《ひがしやま》の藤《ふじ》の花から、本質を描き出す飛助《とびすけ》の腕でうつしとられた、ほんのわずかな魂だ。

大切な人に声を届けるだけの、小さな小さな力だった。

残っていると思わなかった。

あの日、京を焼いた炎に呑《の》まれて消えてしまったと思っていた。

ああ、お前ももう一度会いたかったんだな、雨藤。

「――シロ！」

後ろからひろの声が聞こえる。はらはらと散る雪の中、シロを追って庭に飛び出してきたようだった。その後ろで拓己《たくみ》がひろの腕を引いていた。

「阿呆《あほ》、ひろ、雪やぞ。サンダル！　せめてサンダル履《は》けって！」

よく見るとひろは靴下のままだ。あわててそのまま走ってきてしまったのだろう。雪の上にそのまま立っているものだから、あれでは足が凍《こご》えてしまう。

シロは思わず肩を震わせて笑った。

ひろのその懸命さが愛《いと》おしいというのだと、シロは知っている。

そうだ、お前たちに出会ってから、千年。

おれはようやく知ったんだよ、夕暮丸。

空を切り裂いて夕暮れの道を渡るように、小さな熾火《おきび》がふわりとこちらへ向かっているのが見えた。

シロの持つ絵の中からも、同じ気配がする。

絵に描かれた夕暮丸の本質が、わずかか、力を貸したのがわかった。

――雨藤。

吐息のようなかすかな声がする。

はらりと舞う雪と、差し込む夕暮れの光の中。

黒い着物の男が積もった雪を踏んだ。髪も瞳も燃える炎のような緋色、つり目がちな目の奥に、綺羅《きら》と散る星のような光の正体を、指月は知っている。

シロの傍《そば》から細く白い手が伸びた。

格好は千年前のあの日と同じ。豊かな黒髪に薄色の唐衣《からぎぬ》、美しく重ねられた袿《うちぎ》はあの日のままの、藤の襲《かさね》だ。

鈴を転がしたような小さな声で、彼女はその名前を呼んだ。

――夕暮丸。

夕暮丸が雨藤の手を引いてその胸の内に抱き込んだ。二人とも言葉もなく、ただ互いのあたたかさを感じるようにじっと抱き合っている。

絵に込められた飛助の力はほんのわずか。

風のひと吹きで崩れ去ってしまうような、たった一瞬の再会だ。

「おい、山犬」

シロの口の端がつり上がる。

雪はもうやむだろう。そうして鮮やかな夕暮れも終わる。

南から風が吹くのがわかった。

「せめてもの餞別《せんべつ》だ」

蓮見《はすみ》神社の池から水が跳ね上がった。夕暮れの空に綺羅と輝くそれは、まるで星々だ。

それは時にひどく痛み、波立ち、荒れ、苛《さいな》み――そしてだれかを愛おしいと思う。時折目を離せないほどにまばゆく瞬《またた》くそれは、星々が綺羅と輝くのによく似ている。

そういう心を、どうやらおれも持っているのだと。

シロはようやく、知ったのだ。

――指月。

夕暮丸がそう言うのに、シロはふん、と鼻をならした。

「シロだ」

夕暮丸と雨藤がきょとん、とした顔をする。

「ひろがおれをシロと呼んだ。だから、おれはシロだ」

夕暮丸と雨藤は互いに顔を見合わせて、シロの後ろにいるひろと、拓己を見つめて。そうしてふ、と微笑《ほほえ》んだ。

「月の美しい夜の、その暁《あかつき》に」

シロがそう言うと、夕暮丸が満面の笑みを見せた。その口の端からは鋭い牙がのぞいている。

二人で蓮の花を見に行くと、いつか夕暮丸は言ったのだ。

――じゃあな。

どう、と風が吹いた。二人の姿がかき消される。その次の瞬間、この世のどこにももうその魂の欠片《かけら》も残っていないのだと、シロはわかった。

おれはもう知ってるんだ、夕暮丸。

この胸のうつろが、さびしいという心だということも。

お前と雨藤が互いに抱いていた、人を愛おしいと思う心のことも。

燃えさかる京の上で感じた痛みが、悔しくて悲しいということも。

そして――。

夕暮丸と――指月のことを、時々人は「友」と呼ぶことも。

雪がやんだ。

シロは小さな白蛇《しろへび》になった。透明な鱗《うろこ》に、月と同じ金色の瞳を持っている。雪の上にぺしゃりと伸びたシロを、ひろがそうっと手のひらですくい上げてくれたのがわかった。

シロはその金色の瞳に焼きつけるように、一条の夕暮れの光を見つめていた。

──チョコレートというのは、溶かして固めればなんとかなるものだと思っていたが、その考えが非常に甘かったことを、ひろは思い知らされた。

「どうして分離するの！」

蓮見神社のはす向かい、清花蔵《きよはなくら》の台所で、ひろは頭を抱えて唸《うな》っていた。目の前には溶かしたチョコレートのはずであるものが、銀色のボウルにどろりと溜まっている。

「湯煎《ゆせん》してる時に、水入ったんやろ」

台所のイスに座って拓己が呆《あき》れたように嘆息した。コーヒーの入ったマグカップを片手に、奮闘しているひろを眺めては楽しんでいる。

いや、たぶん心配してくれているのだろうけれど、今のひろには楽しんでいるようにしか見えなかった。きっと心がすさんでいるのだ。

「だから、母さんがいる時にせえて言うたやん」

拓己の言葉に、ひろはぐう、とうつむいた。

拓己の母、実里《みさと》は料理上手で、ひろもいつも教わっている。今回も頼めば喜んで手伝ってくれるだろうが、それでは意味がないとひろは思ったのだ。

「……わたし、一人でがんばる」

そもそも二十歳《はたち》もとうに過ぎていい大人になったというのに、一人で恋人に渡すチョコレートも作れないのは少しばかり情けない気がする。

本当は内緒で、蓮見神社で作るつもりだったのだが、それを知ったシロがこともあろうに拓己に告げ口した。

「本当はひろとおれで作るはずだったのにな。おれはひろの作ったものなら、分離したチョコレートでも平気だ」

ひろの作業の邪魔にならないように、拓己の肩の上で白蛇姿のシロが、ふん、と胸を張った。この拓己の肩の上に乗るにあたってさきほどまでは、とても不本意です、という顔をしていた。

つまりシロが拓己に自慢したことによって、この計画が露呈《ろてい》したのである。

「そんなん、結局ひろ一人と同じことや。危ないしやめてくれ」

拓己があまりにそう言うので、本人が見ている前で彼氏のチョコレートを手作りするという、サプライズも何もない状況になっている。

「……別に一人でも平気だよ。もうお皿割ったりもしないし」

それより、失敗するところなんて見られたくないのだ。

「口実やてわかってや。おれが、ひろのこと見てたいから」

頬杖《ほおづえ》をついたまま、拓己がしれっと視線を逸《そ》らす。ひろはぶわりと顔を赤くした。

……いつか、こういうことに慣れる日が来るのだろうか。

心臓が縦横無尽にばくばくいっている気がするし、頭は爆発しそうだ。

拓己の肩の上でシロが、けっとよそを向いたのがわかった。

それから奮闘すること二時間あまり。

溶かしたチョコレートに生クリームを入れて混ぜる、というレシピ上は簡単な作業をなんとか終えたひろは、できあがった生チョコレートを、椿《つばき》の柄《がら》の入った小さな皿にのせた。

ホットコーヒーとともに、いつもの客間へ入る。

清花蔵の中庭が見える。白い砂利《じゃり》の敷かれた庭には、ぽたぽたと水のこぼれる竹筒がある。ポンプで地下から花香水《かこうすい》と呼ばれる地下水を汲《く》み上げているのだ。清花蔵はこの水を使って、『清花《きよはな》』という酒を仕込んでいる。

爪楊枝《つまようじ》でチョコレートをさして、口に運んだ拓己が、うん、とうなずいた。

「美味《うま》い」

「本当!?」

ひろも自分のチョコレートを一つ口に運んだ。そうして、ううんと首をかしげた。舌触りがなんだかざらざらとしているし、香りも悪いような気がする。

ただ形がそれなりにできあがったということで、及第点だろうか。

「来年は、もっとがんばる」

コーヒーをすすっていた拓己が、ふは、と笑った。

「楽しみにしてる」

拓己の大きな手がぽんとひろの頭にのる。その指先が髪を梳《す》いていく。それがあたたかくて、何より安心するのだ。

そしてひろは気がついてしまった。

勝手に来年の約束をしてしまった。これでは来年も確実に拓己とは彼氏彼女としてお付き合いをしているということを、厚かましくもねだってしまったのではないか。

「……や、あの、だから来年もですね、その……一緒だと、うれしいというか」

「うん。おれもそうやとうれしい」

そうして二人で、ぎこちなく固まるのだ。

「……なぜそこで話が終わるんだ。先へ進め、先へ！」

たまらなくなったのか、どこかへ行っていたシロがふと姿を現して、ばしりと拓己の手をはじいた。

なあ、と拓己が口元に手をあてて顔を逸らす。

ひろもぶんぶんと首を振って、でもどことなく拓己が悲しそうな顔をしたので、どうしていいかわからずに小さく縮こまっておいた。

シロの盛大なため息の後。

「……まったく、よく似ている」

ぽつりとそうつぶやいたのがわかった。

あれから、鮮やかな夕暮れにはシロはひろや拓己といても、じっと外を見つめていることがある。

ひろはその小さく白い蛇を、そっと手のひらにすくい上げた。

元気だといいね、はおかしい。消えてしまった二人がどうなったのかは、ひろにはわからないから。人の言う死とは違うのかもしれないけれど、たぶんもうあの二人と、シロは会うことができない。

しばらく考えて、そうしてぽつりと言った。

「……二人が、幸せだといいね」

シロの金色の瞳がぱちりと一度ひろを見つめて。そうして、笑った気配がした。

答えはなかったけれど、代わりに一つ、ぱたりと尾を振る。
強い南風が吹いた。
焼けるような緋色の夕暮れには、もう春の気配が混じっている。

参考文献

『日本美術全史　世界から見た名作の系譜』（2012）田中英道（講談社）
『定本　和の色事典』（2008）内田広由紀（視覚デザイン研究所）
『平安朝の生活と文学』（2012）池田亀鑑（筑摩書房）
『王朝生活の基礎知識　古典のなかの女性たち』（2005）川村祐子（角川学芸出版）
『道長と宮廷社会（日本の歴史〇六）』（2009）大津透（講談社）
『服装の歴史』（2005）高田倭男（中央公論新社）
『安倍晴明　陰陽師たちの平安時代』（2006）繁田信一（吉川弘文館）
『平安貴族の住まい　寝殿造から読み直す日本住宅史』（2021）藤田勝也（吉川弘文館）
『浮世絵の歴史』（1998）小林忠監修（美術出版社）
『京の歌舞伎展　四条河原芝居から南座まで』（1991）京都府京都文化博物館学芸第一課編（京都府京都文化博物館）
『祇園祭　祝祭の京都』（2010）川嶋將生（吉川弘文館）
『幕末史』（2012）半藤一利（新潮社）

『幕末長州藩の攘夷戦争　欧米連合艦隊の来襲』（1996）古川薫（中央公論新社）
『江戸の本屋さん　近代文化史の側面』（2009）今田洋三（平凡社）
『京都の地名検証3　風土・歴史・文化をよむ』（2010）京都地名研究会（勉誠出版）

※この作品はフィクションです。実在の人物・団体・事件などにはいっさい関係ありません。

集英社オレンジ文庫をお買い上げいただき、ありがとうございます。
ご意見・ご感想をお待ちしております。

●あて先
〒101-8050　東京都千代田区一ツ橋2-5-10
集英社オレンジ文庫編集部 気付
相川　真先生

京都伏見は水神さまのいたはるところ
藤咲く京《みやこ》に緋色のたそかれ

集英社
オレンジ文庫

2022年5月25日　第1刷発行

著　者　相川　真
発行者　北畠輝幸
発行所　株式会社集英社
〒101-8050東京都千代田区一ツ橋2-5-10
電話【編集部】03-3230-6352
【読者係】03-3230-6080
【販売部】03-3230-6393（書店専用）
印刷所　凸版印刷株式会社

ISBN 978-4-08-680446-2 C0193